Saemi Endo
遠藤彩見

左《そ》右《う》田《だ》に悪役は似合わない

新潮社

左右田に悪役は似合わない

装画　中野カヲル

左右田に悪役は似合わない

2019年10月　消えもの

くれぐれも粗相のないように。左右田《そうだ》始《はじめ》は執事《バトラー》の制服を着た胸を張り背筋を伸ばした。スタッフが用意したサービングワゴンに向き直る。ハンドルに両手を掛けて、さっき監督につけられた動きをさらう。

高級ホテルのスイートルームで深夜ドラマの撮影開始を待っているところだ。クランクインは一週間前、九月の下旬。そして左右田にとっては今日が撮影初日だ。

これから左右田が演じるのはスイートルームの専属バトラー。部屋のエントランスホールで最初のカットに挑む。五十歳の今日までさまざまな役を演じてきたが、ホテルのバトラー役は初めてだ。

隣り合うリビングでドラマのプロデューサーが腕時計を確かめている。制作費を節約するために撮影スケジュールは限界まで詰め込まれている。その上、ロケーション撮影だ。

ドラマの撮影は必要なカット——顔のアップ、胸から上、全身を数台のカメラで一気に撮る。だが今回のドラマは予算の都合か一台のカメラでワンカットずつ細切れに撮る。ＮＧでも出ようものなら終了時間がどんどん延びてしまう。

左右田はワゴンを軽く押して、絨毯《じゅうたん》敷きの床をスムーズに動かせるか試してみた。

ワゴンの上にはシルバーのサービングトレイが載っている。左右田が身につけている制服同様、このホテルで実際に使われているものだ。

トレイの上には中身が入っていないティーポットとティーカップ。その横にこれから皿が載せられる。

左右田が皿をサーブするときのセリフを諳《そら》んじていると、背後で誰かが声を上げた。

「無い！」

何ごとかと左右田は後ろに向きを変えた。

エントランスの隅にはカップやグラス、コーヒーメーカーなどを収めた戸棚とバーカウンターが設けられている。

戸棚の下部には小さい冷蔵庫が組み込まれている。その前にスタッフがしゃがみ、体を突っ込むようにして冷蔵庫の中を覗き込んでいる。

どうした、とプロデューサーが左右田の横をすり抜けてエントランスに駆け込む。スタッフがプロデューサーを見上げて訴える。

「消えもの、が消えてます」

「はあ？　無いわけないだろ」

「無いんです」

スタッフが両手で二枚の皿を引き出し、カウンターに置く。

撮影に使われるフードやドリンクを消えものと呼ぶ。三十分ほど前、消えものを載せた二枚の皿が冷蔵庫に収められるのを左右田も見た。

しかし、金色の模様で縁取られた皿を見ると、どちらからも消えものが消え失せていた。

*

左右田がこのホテル——撮影現場にやってきたのは一時間ほど前だ。

地下駐車場に止めたロケバスの中で衣装を渡され、カーテンで仕切った着替えスペースに入った。ホテルから借りたというバトラーの制服に着替える。

美術スタッフが作ったバトラーの名札には『馬場《ばば》』と書かれている。バトラーのバの字から適当に付けた苗字だろう。台本上で左右田の役は「バトラー」としか書かれていない。

左右田は無名の俳優だ。教師や弁護士、刑事など、堅い職業の役を振られることが多い。台本に書かれる役名はよくて苗字だけだ。

着替えとメイクが終わると撮影現場用の小さいバッグを持った。スタッフに連れられて現場に向かう。もう一人、若い俳優も一緒だ。

ホテルのバックヤードにある業務用エレベーターに乗り込むと、スタッフが三十七階のボタンを押した。

昨日の夜、ホテルのホームページを見た。高層階がエグゼクティブフロアと呼ばれ、その最上層にスイートルームのエリアがある。このホテルには結婚式場があるから、花嫁の控室や挙式後の宿泊によく使われるという。

業務用エレベーターから殺風景なエレベーターホールに降りる。スタッフについて歩き出したとき、「あの」と遠慮がちな声が聞こえた。

一緒に来た俳優、神崎俊弥《かんざきしゅんや》がスタッフに話があると切り出した。そして前髪に赤いメッシュを入れた顔を、ちらりと左右田に向ける。

きっと神崎は左右田に話を聞かれたくないのだろう。撮影現場は三七一一号室とスタッフに教えてもらい、左右田は一足先にエレベーターホールから廊下に出た。

間接照明で薄暗い廊下を歩きながら三七一一号室を探した。見つけるとドアに紙が貼られている。

――本番中　立入禁止
雑音を立てないためだ。

終わるまで待とうと立っていると、背後に人の気配を感じた。左右田が振り返ると、サングラスを掛けた痩せた男がこちらに近づいてくる。

逆光で顔はよく見えないが、ダークスーツを着ているから宿泊客だろう。ホテルから借りたバトラーの制服で混乱させてはまずい。

左右田は宿泊客に会釈をして横をすり抜け、早足で廊下を引き返した。エレベーターホールに繋がるスチールのドアを押し開けるなり険しい声が聞こえた。

「だけどこれはいくらなんでも――」

スタッフに割本《わりぼん》を見せて訴えていた神崎が、入ってきた左右田を見て口をつぐむ。

割本とは、台本のページをその日撮る分だけコピーしてまとめたものだ。カット割りやセリフの修正、追加、削除などが書き込まれ、裏側には撮影スケジュールも記載されている。スタッフも左右田に気づき、割本から顔を上げた。左右田が戻ってきた訳を話すと、撮影の状況を確認すると言ってスマホでメッセージを打ち始める。

話を邪魔された神崎の顔は、着ている黒のレザージャケットよりも強張《こわば》って見える。神崎は二十五歳。このドラマのレギュラーキャストで、番手は四番目だ。一年前に商業映画の脇役でデビューした。

スタッフがメッセージのやり取りを終え、「行きましょう」と左右田たちを先導するように歩き出した。神崎の話など無かったかのようにエレベーターホールから廊下に出ていく。

左右田が思わず顔を向けると、神崎は話を打ち切ったスタッフの背を憮然と見ている。そして溜息を一つついてスタッフを追い、廊下に向かった。

撮影初日から今日までの一週間に、神崎とスタッフの間で何か揉め事があったのだろうか。

左右田はスタッフと神崎に続いてスイートルームに入り、様子を探ろうと辺りを見回した。

エントランスホールの先のリビングでは、別のスタッフがデスクやソファーセット、大画面テレビの位置を動かしている。

引き戸で仕切られた向こう――リビングと隣り合わせの寝室には機材がセッティングされて、スタジオ撮影における調整室になっている。

スケジュール表によると、今日の撮影は午前中から始まり、まず寝室のシーンを撮り終えた。ここからの撮影はリビングで撮る。

左右田は神崎とともにプロデューサーと監督に挨拶をし、リビングと寝室を見渡した。

三十年前——二十歳のとき、左右田は初めてエキストラとしてドラマの撮影現場に足を踏み入れた。それから数え切れないほど見てきた光景だ。

この現場は怒鳴り声が聞こえないし、慌ただしい中にも時折笑顔が見える。今のところ雰囲気は悪くなさそうだ。

スタッフに促され、寝室を出て短い通路を進む。その先にはくもりガラスのドアがあり、中はバスルームだ。

長く延びた洗面台にガーリーな小物やメイク道具が置かれ、フックには何着かの洋服が掛けられている。バスルームの主はこのドラマの主演俳優、須永《すなが》睦月《むつき》だ。

左右田がスタッフに紹介されて挨拶すると、睦月が愛想良く応じた。

「バトラー役の左右田さんですね。よろしくお願いします」

モデル出身の俳優らしく、細身でクールな雰囲気だ。

自前のパーカーを羽織った下はノースリーブのタンクトップにショートパンツ姿。部屋着という設定の衣装だ。意外に豊かな胸元とすらりと伸びた脚を見せるため——深夜ドラマの視聴者を喜ばせるためだ。

睦月はファッション誌の専属モデルを経て、昨年、連続ドラマの脇役でデビューした。その後、深夜ドラマで初の主演を務め、このドラマは二度目の主演作だ。

左右田の後ろにいる神崎に睦月が笑いかける。その顔は、二十七歳という実年齢よりもあどけなく見える。

「お兄様、おはようございます」

「……お疲れっす」

神崎が素っ気ない挨拶を返す。睦月より二歳年下だが、このドラマ『デンジャラスラブ』では兄役を演じている。

ドラマは二十五歳のお嬢様・クルミが父親の不慮の死で会社社長となるところから始まる。そしてクルミは血の繋がらない強欲な兄に振り回される。その上、地位や財産、美貌を付け狙う者たちに囲まれ、あげく命を狙われるというストーリーだ。

撮影開始から一週間が経ち、睦月と神崎はすでに共演シーンをこなしている。そのせいか睦月はリラックスして神崎に話しかける。

「お兄様、顔色が悪いよ？　飲み過ぎとか？」

神崎が曖昧な笑いを浮かべたとき、「ねえねえ！」とけたたましい声が聞こえた。

スタッフが神崎の後ろで伸び上がり、睦月に呼びかけている。

「睦月ちゃん、来たよ！　あれ！」

「来た⁉」

睦月がバスルームからさっと出ていく。何ごとかと左右田はスタッフと一緒にあとを追った。

バスルームの先にはトイレがあり、その先は出発点であるエントランスホール。エントランスホールからリビング、寝室、バスルーム、トイレと抜けてスイートルームを一周できるようになっているのだ。

エントランスホールに戻ると、リビングからプロデューサーと監督も入ってきた。そして運び込まれたサービスワゴンを睦月とともに囲む。

ワゴンの上に丸く盛り上がっているのはシルバーのトレイカバーだ。ホテルマンがうやうやしくカバーを持ち上げて外す。

現れた皿を見て、左右田は思わず嘆声を漏らした。

二つの皿に、三本ずつ細いエクレアが載っている。ホワイトチョコ、抹茶チョコ、ブラックチョコで艶《つや》やかにコーティングされ、ふりかけられた金箔でさらに輝きを増している。

下にはパウダーシュガーが敷かれ、周りには赤いフルーツソースとピスタチオの実、ミントの葉があしらわれている。まるでアートだ。

消えもの――このエクレアもドラマに登場する。


「お客様、困ります！」

スイートルームに夜食用のルームサービスを運んできた専属バトラーが声を上げる。廊下の物陰に潜《ひそ》んでいた男が客室に入り込んだのだ。

宿泊客のクルミは顔色を変えてソファーから立ち上がる。

「お兄様、何しに来たの⁉」

兄はクルミの抗議を聞き流してワゴンのメタルカバーを取る。

「お、うまそうだな、このエクレア。金箔がたまらないねえ」

傍若無人な兄はルームサービスのエクレアを勝手につまもうとする。クルミはそれを止め、バトラーに紅茶を淹れるように頼む。

兄はクルミが社長を務める会社の経営状態について、経済用語や法律用語を駆使してまくし立てる。そして自分の株をライバル社に売るぞ、とクルミを脅す。

クルミは再びエクレアに手を出そうとする兄の手を払いのけ、追い返す。兄は株式関連の捨てゼリフを吐いて出ていく。

ついに反撃を決意したクルミはバトラーに告げる。

「明日、メインダイニングで株主の接待をするから個室の予約を」

「かしこまりました」

バトラーが出ていく。一人になってほっと気が緩んだクルミは、兄と敵対する不安と悲しみをこらえ、自分に言い聞かせる。

「負けない。私には、私しかいないんだから……」

クルミは泣きながらエクレアを食べる。


最初に貰った台本にはこう書かれていた。

――クルミ、泣きながら菓子を食べる。

ロケ地がホテルのスイートルームに決まったことで、ホテルメイドのエクレアが「菓子」に選ばれたようだ。

プロデューサーが皿のエクレアを見て唸《うな》る。

「いやあ、エクレアさん、映えますねぇ。華がありますよ」

華がある、と左右田も思う。六本のエクレアは磁石のように人を惹きつけ、皿の周りに人を集めている。

華――それは左右田が三十年近い俳優生活を経てもついに得られなかったものだ。君には華がない、と面と向かって言われたこともある。

左右田は例えればエクレアの皿に添えられた水のグラスだ。ドラマや映画という食卓の端《はし》にそっと置かれる無色透明のグラス。

どうあがいても自分には華がない。そう気づいた昔、左右田はグラスになろうと決めた。大量生産の安物グラスから高級グラスまで、制作側の求めるグラスを演じてみせようと。

オータムスペシャルのエクレアでございます。バトラー馬場のセリフを左右田が思い出していると、プロデューサーがホテルマンに頭を下げるのが見えた。

「江川《えがわ》さん、大変素晴らしいご提供をありがとうございます」

左右田の横で神崎が「誰？」とささやくのが聞こえた。スタッフが神崎に小声で教える。

「このホテルの広報担当の江川さんです」

ホテルを代表してドラマ制作部との交渉にあたり、撮影隊が宿泊客に迷惑をかけないように、立ち会いという名の見張りをする人物だ。

江川は睦月を熱い眼差しで見つめながら告げる。

「これは当ホテルの一推しスイーツなんです。おかげさまで連日早い時間に売り切れです。いかがですか？」

「きれい！　おいしそう！」

睦月の少し大げさに見える喜びようは、明るくて積極的な役柄が影響してか、それとも地なのかは分からない。

「これをクルミが食べるんですよね。うわあ、ラッキー！」

はしゃぐ睦月を見て江川が相好を崩す。

「喜んでいただけて光栄です。須永さんがデビュー作で演じたパティシエ姿を思い出しながらセレクトしたんですよ」

「ありがとうございます。NGを出して予備の分も食べちゃいます！」

冗談めかして答えた睦月がエクレアにスマホのカメラを向ける。ホテルのラウンジで事務仕事中のマネージャーに見せるそうだ。

それほど喜ぶのも分かる。低予算のドラマで使う消えものは、安く買ってきた弁当やスイーツであることが多い。それを思うと目の前のエクレアは高級すぎて少々不釣り合いだ。

江川が名残惜しそうに睦月から離れた。そしてプロデューサーに近づき「ちょっと」とリビングに誘う。その手には割本がある。

釣り合いは必ず取る。ドラマ制作はビジネスだ。

予想通り数分後、左右田はスタッフに呼ばれてリビングに向かった。

リビングの窓に引かれた遮光カーテンが陽射しを遮り、昼下がりの部屋を夜にしている。細切れの撮影は間が空くからだ。

カーテンを開けたまま撮ると、数分のシーンなのに背景が午後から夜に変わってしまう。撮影用語で言う「つながり」を整えるために、常に夜にしておくのだ。

監督とプロデューサーがソファーに座り、左右田にも座るよう促す。制服のボトムにシワが付くので立ったままでいさせてもらった。するとプロデューサーが割本を広げ、左右田に向けてかざした。

「実はね、江川さんからお話があって。ホテルとしては、エクレアさんの魅力をもう少し劇中でアピールしていただきたい、と。でね、監督と相談して」

プロデューサーが割本のページの上にホテルのメモ用紙を置く。

「『エクレアでございます』の次にこのセリフをお願いします」

左右田は書かれた文字を読み上げた。

「美容にもよいと言われる金箔をトッピングして、ダークチョコレートのエクレアにはカスタードクリーム、抹茶チョコレートには生クリーム、ホワイトチョコレートにはレモンクリームを挟んであります」

監督が苦笑いする。

「もうこれＣＭですよね」

「タイアップだから」

プロデューサーがぴしりと言い返す。

低予算の深夜ドラマが高級ホテルのスイートルームで撮影できるのはタイアップのおかげだ。

リッチなお嬢様の生活を描くために、まずクルミを海外帰りでホテル住まいという設定にした。そしてドラマに出せるタイアップ商品を探したのだろう。

当然、ホテル側もきっちり元を取ろうとする。数秒画面に映すだけではスイートルームは提供できないというわけだ。

左右田はメモ用紙にもう一度目を通し、監督に顔を向けた。

「あの、金箔云々はセリフの最後にするのはどうでしょう。一番インパクトがあるし」

順番を入れ替えて諳んじてみせると、プロデューサーと監督が「うん」と満足げにうなずいた。監督が親指を立てる。

「いいですね。さすが左右田さん」

端役《はやく》とはいえ三十年近い経験を積んだからだ。撮影現場で何が起きても、大抵のことは落ちついて乗り切れる。

話を終え、動きと一緒に新しいセリフを覚えようと出口に向かった。入れ違いに神崎がやってくる。

もしかして、と左右田は足を止めた。

思った通りだ。神崎はプロデューサーの隣に座らされた。

「神崎くん、また変更で悪いんだけど、足したセリフのここカットで」

「え……」

神崎が眉根を寄せた。プロデューサーはかまわず、左右田のときと同じように神崎にもメモ用紙を渡して続ける。

「あと、『金箔がたまらないねえ』のあと、セリフを足すから。『ラズベリーのいい匂いがする。そうだな、ワインの果実味にも似た』――」

「ちょっと、ちょっと待ってください」

たまりかねたように神崎が遮った。

「スタッフさんにさっきも言ったんですけど……クルミの説明ゼリフが毎回俺にごっそり回ってきて……それプラス変更も多くて……」

睦月は深夜ドラマの主演二本目となるが、前作を見た限りでは演技はまだまだだ。その上、撮影時間や俳優の拘束時間には限りがある。そういうときは厄介な説明ゼリフを他のキャストに振ることがある。

しかし、長い説明ゼリフは負担が大きい。言いづらくてぎこちなくなってしまうことがあるし、気持ちも込めづらい。

スイートルームに来る前、神崎がエレベーターホールでスタッフに訴えていたのはこのことだったのだろう。

熱湯が出る蛇口を慎重にひねるように、神崎は尖らせた唇から不満をこぼす。

「いつも急なんで……。覚える時間もろくになくて……」

「しょうがないよ。頑張ろう」

監督は調整室にした寝室に向かった。残されたプロデューサーは「ごめん」と神崎に手を合わせる。

「いま脚本《ホン》を直してもらってるから四話からは大丈夫。だからさ、ねっ？　こういう状況だし、頼むよ」

　返事を待たずにプロデューサーは立ち上がり、左右田の横を抜けてエントランスに出ていく。江川に首尾は上々と報告でもするのだろう。

　どうしたものか。左右田が去りがたく神崎を見ていると、神崎がソファーでのけぞった。そして、睦月がいるバスルームの方面を睨《にら》みつけ、左右田だけに聞こえる大きさの声でぼやいた。

「いいよなー、大きい事務所の子は大切にされて」

　睦月が所属しているのは、左右田が所属する小さな芸能事務所の親会社の親会社。芸能界の長《おさ》と呼ばれる社長が率いる業界最大手の芸能事務所だ。

　君の事務所だってなかなかの大手じゃないか。左右田の心のつぶやきをかき消すように神崎がぼそりと吐き捨てた。

「やってらんねえ」

　神崎は大丈夫だろうか。

　気になりながらも左右田はそっと神崎から離れた。

　近くにいたら余計な口出しをしてしまいそうだ。それに今は人のことを気にしている場合ではない。

　神崎が立ち上がり、リビングを出ていく。それを目の端で見ながら、左右田はエクレアを讃えるセリフをさらった。

＊

——そのエクレアが消えた。

スタッフが冷蔵庫から出した二枚の皿をカウンターに置く。それを左右田はプロデューサーと並んで見つめた。プロデューサーに続いてリビングから来た江川も唖然とした表情で皿を見つめる。

飾りのピスタチオやミントの葉を残してエクレアが跡形もなく消えている。三十分前には確かにあったのに。

なぜどうしてと凝視していたら後ろから押された。リビング側とバスルーム側、二カ所の出入口からスタッフがなだれ込んでくる。

左右田があわてて後ろに逃れると、駆け付けた神崎と睦月の間に収まった。神崎は無表情、睦月は半信半疑といった表情だ。

プロデューサーが引きつった顔で一同を見渡す。

「誰か知らない？　何か見てない？　誰かがうっかりエクレアさんを皿から落としたとか？」

発見したスタッフがプロデューサーに皿を示す。

「落としたんじゃないですよ。エクレアさんが皿から滑り落ちたんだったら、一緒に載っかってた葉っぱとかも全部落ちてます」

「じゃあ、誰かがエクレアさんをつまんで持ち去ったってこと？」

プロデューサーの声がワントーン高くなった。

スタッフの間からもどよめきが起きる。監督が低い声で吐き捨てた。

「勘弁してくださいよ……」

連続ドラマの撮影スケジュールは過酷だ。その上深夜ドラマは予算も少ない。当然スタッフの負担は大きくなる。

そんな状況で撮影を妨げるようなことは誰もしないだろう。ここにはドラマの関係者しかいない。だからスタッフは、大切なエクレアさんを冷蔵庫に入れて放っておいたのだ。

プロデューサーが江川に向き直り、深々と頭を下げた。

「大変申し訳ありません」

江川は無言で皿を見つめたままだ。それを見て、プロデューサーの顔が青ざめていく。その後ろでスタッフがささやき合う。

「とにかく探さないと」

「いや、見つかったってもう食うシーンには使えないっしょ、怖くて」

「でも代わりはないんでしょ。売り切れって言ってなかった?」

睦月が体で人垣を割ってプロデューサーの前に進み出た。

「撮影、どうなっちゃうんですか?」

監督もプロデューサーに向けて割本をかざす。

「カットだってエクレアさんありきで割ってんですよ。なしで撮るんですか?」

そのとき、江川が睦月に向き直った。

「私が何とかします」

「え……でも、エクレアは売り切れだって……」

睦月にぐっと迫られた江川の口元がほころんだ。

「エクレアは売り切れでも、他にタイアップの対象になるフードを急ぎで手配させます。それならセリフで商品の名前を変えるだけで予定通り撮影できるでしょう。少しお時間をいただけますか？」

睦月が今度はプロデューサーに迫った。

「私、出の時間があるんです。間に合いますか？」

「睦月ちゃんのカットをまとめて先に撮れば何とかなりそう。江川さん、大変恐縮ですが、よろしくお願いします」

プロデューサーがまた江川に頭を下げ、睦月も続く。

「江川さん、ありがとうございます」

「任せてください」

江川が腰に手を当てて胸を張り、ついで足早にスイートルームを出ていく。

睦月もプロデューサーに促されて控室――バスルームに向かった。スタッフもそれぞれの持ち場に戻っていく。

左右田もとりあえず元いたリビングに戻った。前を歩く神崎の独り言が聞こえる。

「なーんか撮影やばくね？」

神崎の言うとおりだ。新しいタイアップ商品が届いたとして、撮影は間に合うのか。睦月の出の時間だけではなく、スイートルームを使える時間にも限りがある。
もしかして。左右田はエントランスに引き返した。

カウンターの前ではプロデューサーと監督がこちらに背を向け、並んで話している。左右田が二人に声を掛けようとしたとき、プロデューサーの声が肩越しに聞こえた。

「監督、こうしよう。撮影はド頭のクルミ一人、クルミと兄のバトル、クルミが一人になってエクレアを食べるシーン、その他の順。で、時間がなくなったらバトラーは全カット」

やっぱり。肩を落とす左右田に気づかずプロデューサーが続ける。

「エクレアさんの詳しい紹介は後日、追加撮影。睦月ちゃんのスケジュールを貰えたらホテルのカフェで撮らせてもらうとか」

「だけど……バトラーのシーン、全カットですか？」

監督が唸るように問い返す。プロデューサーの声も沈む。

「申し訳ないけどさ……そうするしかないかもな」

左右田はそっと後ずさりしてリビングに戻った。そして小さく息をついた。

トラブルのしわ寄せは、いつだって名もなき者に来るのだ。

少しでも時間を節約するために夕食休憩が前倒しされた。まだ十七時前だというのに、スタッフから夕食用のロケ弁とお茶のペットボトルを渡された。

ホテルの社員食堂で食べるように言われ、左右田は現場用バッグを持ってスイートルームを出た。廊下を歩き、従業員用のドアを押し開けてエレベーターホールに入ると足を止めた。

壁際に積まれた使用済みリネンの横で、こちらに向かって歩いてきた睦月が驚いたように立ち止まった。薄着で冷えたのか、パーカーの上に青いストールを掛けている。

左右田が「お疲れさまです」と挨拶をすると、睦月は微笑んで挨拶を返し、エレベーターの横に二つ並んだドアの片方を指差した。

「トイレ。スイートのが塞がってたから」

どう答えていいか分からず、左右田が曖昧な笑みを浮かべたときエレベーターの扉が開いた。中から出てきたのは江川だ。睦月を見て破顔する。

「須永さん、どちらへ？」

「部屋に戻るところです」

「そうですか。代わりの商品、今探させてますから」

もう一基の下りエレベーターが来て、左右田は睦月たちに会釈して乗り込んだ。江川は左右田に見向きもせず、睦月に熱い視線を注いでいる。

「何だかおかしなことになっちゃいましたね。よろしければ私がお茶かコーヒーでもお持ちしましょう――」

ドアが閉まり、エレベーターが下降し始めた。

「おかしなこと」

一人きりなのをいいことに、左右田はつぶやいた。

役がカットされてしまったことは何度かある。完成した作品を見たら自分が見当たらなかった、ということもあった。

そういうときも左右田の所属事務所はきちんとギャラを取ってくれるし、たいていは埋め合わせに別の役を貰える。

副業でボイストレーニングの講師やスピーチ指導なども行っているので、今すぐ生活に困るわけではない。妻は小さな広告代理店で働いているし、他に家族は愛猫がいるだけだ。楽しみといえば美味しい酒とたまの旅くらいで贅沢もしない。

だけど、馬場佳之はどうなるのだ。

左右田は心の中で溜息をついた。

馬場はバトラーの名札にあった苗字。続きの名、佳之《よしゆき》は左右田が考えてつけた。役に名前がないとき、苗字だけのとき、左右田は必ずフルネームをつける。

演じるということは別の人生、役柄の人生を生きることだ。それが左右田の喜び、楽しみであり、大切にしていることなのだ。

エレベーターが三十階に着いた。割本に書かれた案内図に従って歩いていくと社員食堂だ。

壁一面の窓越しに、夕暮れを迎えた東京が拡がっている。ビューが自慢のホテルの三十階だけあって、スカイツリー、東京タワー、遥か彼方の東京湾まで見渡せる。

中途半端な時間帯にもかかわらず、ほぼ満席だ。ウェイトレス、ウェイター、ハウスキーパー、そして社員たちが定食やラーメン、持参のパンや弁当を食べている。

ドラマの中で生きるバトラー・馬場佳之もここで体を休め、英気を養い、二十四時間体制のバトラー業を頑張っている。

それなのに、存在を消されてしまうかもしれないのだ。

天変地異、病気や渋滞、運休や欠航のせいなら諦めもつく。だけどエクレアさんの失踪という奇妙な事件のせいで——誰かの仕業のせいで。

もうすぐ代わりのタイアップ商品がスイートルームにやって来るだろう。そのタイアップ商品に何かあったりしたら、間違いなく馬場佳之は消される。

左右田は食堂を見渡した。

黒髪の従業員たちの中に、ぽつりと赤いメッシュを入れた頭が見えた。二人掛けの席で神崎が一人、ロケ弁を食べている。

左右田はその周りを一周した。

スタッフやキャストには用がない限り話しかけないことにしている。三十代半ばを過ぎ、年下のスタッフやキャストが増えてきたころからだ。一度、鬱陶《うっとう》しそうな眼差しを向けられてからそう決めた。

話しかけられれば愛想良く応じる。それ以外はひっそりと気配を消し、空き時間も一人、持参の新聞を読んで過ごしている。

神崎の周りをさらにもう一周する。用もないのに自分からキャストに話しかけるのは何年振りだろう。

それでも行くしかない。馬場佳之の運命が懸かっているのだ。

左右田は意を決して神崎の前に立った。

マカロニサラダを口に入れた神崎が目を上げる。左右田は神崎の向かいの空席を示した。

「ここ、いいかな？」

「どうぞ」

ボトムにシワが付かないよう浅く腰掛け、左右田は弁当を開いた。

白飯と、鶏肉とピーマンの天ぷら、マカロニサラダ、卵焼き一切れとみかん半分。以前にも現場で食べたことがあり、一人前五百円だと聞いた。

質素だが弁当が出るだけありがたい。深夜ドラマは大体予算が厳しい。三十分のドラマ十本をゴールデンタイムのドラマ二本と同じ予算で撮ることもあると聞く。

いただきます、と手を合わせると、神崎がこちらを見た。真っ先にスイートを出て行っただけあって、神崎は弁当をすでに半分ほど食べ進んでいる。横には割本が置かれているが、今は閉じられている。

左右田は思い切って神崎に話しかけた。

「何だか、落ちつかない撮影だね」

緊張で口がもつれた。何だこのおっさん、と言いたげな眼差しを神崎が左右田に向ける。

そうだ、演技をしよう。おととい、別のドラマで若者と関わる社会福祉士を演じたばかりだ。あれでいこう。

左右田は優しい表情を作り、朗《ほが》らかな口調で言葉を続けた。

「大丈夫？　セリフの変更」

「やるしかないっしょ」

神崎がぶすっと答える。

「神崎君は、セリフを入れる時間が出来てラッキーだね」

「その分、撮影が押すでしょう。NGを出したら余計に冷たい目で見られるだけっすよ」

神崎が口に運びかけたマカロニを白米の上に置き、教えてやるとばかりに続ける。

「今回のスタッフ、主役のクルミ以外――俺たちには結構キツいっすよ。NG続くと露骨に冷たくなるし」

ああ、と左右田は納得した。

神崎はセリフの度重なる変更が面倒くさいのではない。怖いのだ。NGを出すのが。

その気持ちは左右田もよく分かる。若く経験が浅いうちは必死だった。セリフをきちんとこなさなければ。演技力を、監督の望むものを見せなければ、と。

脇役、端役は失敗を重ねれば出番が減らされる。プロデューサーや監督に疎《うと》まれれば次の仕事に繋がらない。セリフを覚えなければと焦るあまり、セットが火事になって撮影が止まってほしいと真剣に願ったこともあった。

「しんどいよね。長いセリフの急な変更は」

左右田が言うと、神崎は返事の代わりに白飯を口に入れた。

もしも――もしも、神崎がエクレアを消した犯人だとしたら。

エクレアが消えれば撮影が止まる。セリフを覚える時間が稼げる。そのために神崎は哀れなエクレアさんを犠牲にしたのではないか。

探りを入れようと左右田が口を開きかけたとき、神崎が弁当にフタをした。そして弁当と割本を持って立ち上がった。

「お先に」

え、と左右田は思わず声を出した。

休憩時間はまだ残っている。スイートルームには入れない。睦月が番宣用のコメント撮りをしているからだ。今、左右田と神崎がいられるのはこの社員食堂だけだ。

神崎は弁当箱をゴミ箱に捨てて足早に社員食堂を出ていく。スイートルームに戻れるようになるまで、どこにいる気だろう。

上げたままの箸から天ぷらがぽとりと落ちた。弁当を食べ終え、バッグから割本と消せるペンを出した。

割本の余白にメモをしながら思い出す。

エクレアが冷蔵庫に収まってから、スタッフが消えているのを発見するまで、撮影の準備で三十分ほど時間があった。

その間に左右田と神崎がセリフの追加・変更を告げられた。確か神崎は左右田に愚痴ったあとリビングを出て行った。

もしかしたらそこで神崎はエクレアを消したのかもしれない。女性向きのきゃしゃなエクレアなら、あっという間に食べられる。

しかし神崎はまだマイナーな役者だ。エクレアに手を出したことがバレたら役者生命の危機だろう。そこまでのことをするだろうか。

それとも、神崎はスタッフの誰かと因縁でもあるのだろうか。

「あの、俳優さんですか？」

声を掛けられて左右田は我に返った。

隣の席に座ったホテルの従業員たちが左右田を不思議そうに見ている。左右田は従業員に割本を示して会釈をした。

ホテルの従業員――広報担当者の江川ならどうだろう。

睦月に向かって得意気に宣言した江川の姿を思い出した。

――私が何とかします。

――任せてください。

江川は睦月のデビュー作も見ていた。睦月への態度もファンのそれだ。相当な好意を持っていることは間違いない。

しかし撮影が終われば睦月はすぐに現場を出てしまう。ホテルでの撮影がまたあったとしても江川が立ち会えるとは限らない。江川が睦月に近づけるのは今日だけかもしれないのだ。

左右田は「江川」と書いた文字の横にハートマークを書き添えた。

江川がエクレアを消したのではないだろうか。睦月に自分のことをアピールするために。だとしたら、この先、江川はどうするのか。もうすぐエクレアに代わる新しい何かが三七一一号室に届くはずだ。

左右田は腕時計を見てから席を立った。

まだ少し早いがスイートルームに戻ろう。そうすればエクレアの代役を見張れるかもしれない。左右田は社員食堂を出て洗面所に急ぎ、歯を磨いてからエレベーターに乗り込んだ。

三十七階でエレベーターを降りる。エレベーターホールではハウスキーパー五、六人が固まって喋っていた。

皆が左右田のメイク顔と美術担当者が作った偽物のネームプレートをじろりと見る。左右田が会釈をして行き過ぎようとしたとき、「ねえ」とリーダー格の一人が左右田を呼び止めた。

「あなたドラマの人でしょう？　何か変なことが起きたりしてない？」

「いえ……」

撮影現場のことを部外者に話すわけにはいかない。左右田が言葉を濁すと、ハウスキーパーがエレベーターの隣を指した。

二つ並んだドアの片方――さっき睦月がトイレだと指差したのとは別の方――が開いている。開いたドアの向こうは清掃倉庫だ。

ハウスキーパーが中を示す。

「そこのゴミを誰かが漁《あさ》ったみたいなのよ」

促されて中に入ると、巨大な半透明のゴミ袋が山積みにされていた。いくつかの袋の横腹が裂かれて中身がぶちまけられている。

ウエディング用の装飾品やパーティーグッズの残骸に混じって、撮影スタッフが出したらしいゴミも見える。スケジュール表や丸めた紙、剝がしたガムテープなどだ。

それをあごで左右田に示したハウスキーパーが言う。

「お客さんの忘れものを探すことはあるけど、私たちはあんな風に袋を破って散らかしたりしないし。フロアマネージャーはゴミなんか触らないし」

他のハウスキーパーたちがうなずく。左右田は尋ねた。

「このゴミが漁られたのは何時ごろのことですか？」

「今さっき見つけたのよ。一時間前に見たときは何もなかったんだけど」

だとすると、ゴミが漁られたのは一時間前から今さっきまでの間。撮影が中断したあとのことだ。

ハウスキーパーが左右田に迫る。

「ねえ、ドラマの撮影、大丈夫なの？　あの子もいるんでしょ、ほら、さらすべ素肌の何とかっていうＣＭの子。何て言ったっけ？　そうそう、何とかムツキ。若い女の子だからストーカーがいるかもよ？　ムツキちゃんのゴミが欲しいー、みたいな」

左右田の頭に、本物のネームプレートを付けた男の顔が浮かんだ。

「あの、このゴミって回収されるのはいつなんですか？」

「明日の朝。お客さんの忘れものが紛れてるかもしれないから、すぐには捨てないことになってるの」


だとしたら、この男ではないということか。

スイートルームに戻った左右田はエントランスで江川を観察した。

江川はウェイターが運んできたワゴンを受け取ったところだ。睦月がプロデューサーとそれを見守っている。

睦月に向き直った江川が、ワゴンの上に載ったメタルカバーをうやうやしく取ってみせた。

「お待たせしました。エクレアの代わりにこれをどうぞ」

カバーの下には二枚の皿が並び、それぞれに小さなキッシュが載っている。スライスした黒いトリュフと白いフォアグラ、赤いドライトマトが微笑みを描き、二つの丸い笑顔のようだ。

「フォアグラとトリュフのキッシュです。当ホテルで行う結婚披露宴の一推し、ディナーコースのスターなんですよ。どうです？」

江川が睦月に問いかける。睦月は首にかけた青いストールを手で押さえ、身を屈《かが》めてキッシュをまじまじと見る。

「これもすごくおいしそう」

「結婚式はぜひ当ホテルで」

江川は睦月の横顔をうっとりと眺めている。この様子だと、睦月のゴミを欲しがったとしてもおかしくない。

しかし、ゴミ袋は今漁らなくとも明日の朝まで清掃倉庫だ。

ホテルの人間である江川は、撮影が終わったあとで好きなだけゴミを漁れる。わざわざ睦月のそばにいられる貴重な時間を削ってまで、先にゴミを漁るだろうか。

首をひねっていると、プロデューサーが左右田にまたメモ用紙を渡す。近くにいた神崎にも。

「エクレアさんからキッシュさんに変更だから、セリフも変更ね」

神崎が天を仰いだ。ついで睦月に冷たい視線を投げる。

睦月はそれに気づくことなく、戸棚に近づいて冷蔵庫の前にしゃがんだ。そして冷蔵庫のドアを開けた瞬間に「コーラだ」と声を上げた。

冷蔵庫のドアポケットから取り出したのは缶入りのコーラだ。睦月は江川を見上げる。

「これ、飲んでもいいですか？」

「どうぞどうぞ。お好きなだけ」

「ありがとうございます。皆さーん、このコーラ、私がキープしましたー」

睦月がカウンターの上にあった養生テープをちぎり取り、『むつき』と書いて缶に貼った。

そして再び冷蔵庫に入れてドアを閉める。

その横でワゴンに載ったキッシュがリビングに運ばれていく。冷えてチーズが固まってしまう前に食欲をそそるカットを撮るそうだ。江川はキッシュの撮影に立ち会うためにリビングに向かう。

待つことになった睦月はバスルームに戻っていく。神崎を見るとカウンターに寄りかかり、プロデューサーから渡された新しいセリフをぶつぶつと唱えている。

左右田は迷った。

キッシュはリビングで皆に見守られている。撮影が終わるまで無事でいられるだろう。

だが、どうしても確かめたいことがある。

左右田は神崎に声を掛け、すぐ戻ると告げてスイートルームを出た。

数分後に戻った左右田は、そのまま寝室に向かった。スタッフに一つ質問をしたあとリビングに入る。

キッシュはソロカットの撮影を終え、ワゴンの上でカバーを掛けられるところだ。スタッフが一人ワゴン専属となって、キッシュのガードに当たっている。

次の撮影はリビングでの最初のシーンだ。台本にはこう書かれている。

――クルミ、デスクで考え込んでいる。

しかし準備中の今、カメラは窓辺に向けられている。カーテンが開け放たれ、窓外の美しい夜景が見える。

夜になったので、もう景色の「つながり」を気にする必要はない。夜景込みで撮影することになったのだろう。スタッフはカメラが窓ガラスに映り込まないように試行錯誤している。

ぴりぴりしている空気を和らげようと、プロデューサーが明るく声を掛ける。

「いやー、雨降ってなんとかだよね！　キッシュさんは映えるし、夜景は撮れるし！　ねえ、睦月ちゃん？」

ええ、と睦月がリビングに入ってきた。割本と缶コーラを手に、壁際でセリフを唱える神崎の横を抜けていく。ポケットに突っ込まれた青いストールが尻尾のようになびいている。

ソファーの肘に腰かけた睦月に江川が近づいた。睦月が持ってきた缶コーラを指差す。

「それ、私が開けましょうか？」

「いえ、大丈夫です」

「でも、爪が傷むでしょう」

左右田は「あの―」と睦月に呼びかけた。

「須永さん、セリフ合わせをお願いできますか」

「え？」

「お願いします」

表情は穏やかに、口調はきっぱりと。生徒に向き合う貫禄たっぷりの校長先生を演じてみた。

「はい……」

睦月は怪訝《けげん》そうだ。左右田にセリフ合わせをするほどのセリフはないからだ。

しかし、睦月は江川に「失礼します」と断り、缶コーラと割本を手に左右田についてきた。江川から逃げたかったのかもしれない。

リビングからエントランスに続く入口の横に向かう。エントランスに止めたワゴンの上で、カバーを掛けられたキッシュさんが出番を待っているのが見えた。

それを左右田は睦月に視線で示した。

「おいしそうなキッシュでしたね」

「ええ」

「エクレアも、おいしそうでしたね」

左右田は思い切って切り出し、そして続けた。

「ちょっと考えてみたんです。エクレアが消えたのは、誰かが手を掛けたから。誰かしら犯人がいます」

「そうですね」

「動機は何でしょう？　考えられるのは時間稼ぎ。セリフを覚える、あるいは何らかの作業が滞って時間が必要だった」

声が聞こえるはずはないのに、斜め向かいの壁際から神崎がちらりとこちらを見る。

左右田は睦月に真正面から向かい合った。

「または、撮影を中断させるため。スタッフ、キャストに何らかの気持ち――恨み、あるいは愛着を持っていて、撮影を中断させたい」

睦月がはっきり分かるほど眉をひそめた。構わず続ける。

「でも、撮影を中断させるなら他にいくらでも方法がある。消えものを消すなんて、あまりにもまだるっこしい。犯人は、撮影を中断させたかったのではない。消えものに消えてほしかったのではないでしょうか。邪魔だから」

左右田は睦月の前で割本を開いた。

「消えものが載った皿のアップ。口に運ぶ手元。ヒロインが泣きながら食べている顔。また皿のアップ。口に運ぶ手元――」

指でページに細かく書き込まれたカット割りを示した。

「シーン二十七の陰の主役は消えものです。前はエクレア。今はキッシュ。グルメドラマが愛されるように、食べもののビジュアルはインパクトが強い。視聴者の小腹が空いてくる深夜ならなおさら」

何か言いかけた睦月に押し被せて続ける。

「今から撮るシーンはドラマの山場であり、ヒロインの一番の見せ所です。あなたはそれをエクレアさんに奪われたくなかった。だからライバルのエクレアさんを消した」

みるみるうちに睦月の表情が強張っていく。

そして唇を噛み締め、うつむいたかと思うと肩をふるわせてすすり泣きを始めた。離れていても江川がたちまちそれに気づいた。

「睦月さん、どうしました!?」

「ちょ、左右田さん、何してるの」

プロデューサーと江川が足早に近づいてくる。睦月が嘘泣きをしながら、どうだと言いたげに左右田をちらりと見上げる。

左右田は握った拳を睦月の前にかざし、開いて小さな布片を見せた。

睦月が嘘泣きをぴたりと止めた。

すぐ近くまで迫った江川とプロデューサーが足を止める。睦月が二人に顔を向け、いたずらっぽく笑いかけた。

「やだ、私、左右田さんに泣く演技の相談をしてたんです。この回のクライマックスだから」

プロデューサーの驚き顔が苦笑に変わる。

「何だ、びっくりした。睦月ちゃんが左右田さんに泣かされたのかと思ったよ」

「さすが女優さんだなあ」

江川はうっとりと睦月を見る。セリフを合わせるから、と睦月は二人を追い払い、一転して左右田を睨む。左右田は負けずに続けた。

「エクレアが置かれていたエントランスは、あなたが控室にしているバスルームからすぐの位置にある。あなたはエントランスに人がいないときにエクレアさんを消した」

食べてしまったのだろう。それが一番だ。女性向きに作ってあるから食べやすいし、食感も軽い。

「でも、あなたは狙い通り主役の座を奪い返すことはできなかった。すぐに代役のキッシュさんが来ることになった。当然、今度は厳重にガードされる。ならば、相手の見栄えを落とすしかない」

拳の中の布片を再び出し、睦月に見せた。睦月のポケットから垂れた青いストールに近づける。同じ布だ。

「ゴミ置き場で見つけました」

このフロアのスイートルームは、よく結婚式の控室に使われるという。披露宴で使った装飾を持ち込んだり、新郎新婦のために部屋を飾り付けたりもするようだ。

「ゴミ袋の中に使用済のデコレーション素材――紙や布がたくさんありました。水色、紺色、青緑色。結婚式といえば、白の次に青だ。幸せを呼ぶからと結婚式で使われるサムシングブルー。そして、青は食べものを不味そうに見せる色でもある」

左右田はキッシュを食べる動きをしてみせた。

「ソファーに座ってキッシュを食べる。青いストールを胸元から膝まで掛けていれば、キッシュさんの背景はどこから撮っても青になる。そのために、あなたはゴミ置き場にあった青い布をこっそり持ち出した」

夕食休憩に向かうエレベーターホールで、左右田は睦月が青いストールを身につけているのを見た。あのとき睦月は清掃倉庫から青い布を持ち出したところだったのだ。午前中から現場にいた睦月は、青い布が捨てられているのを見かけていたのだろう。

「僕はゴミ置き場でこの布を見つけたあと、スタッフさんに訊いてみました。あなたは監督に、この布をストールだと言い、身につけて撮影したいと提案したそうですね」

さっきスタッフから聞き出した。ヒロインの心細さを強調するために、と睦月は言ったそうだ。だが監督は許さなかった。

「当然です。あなたもよく知っているでしょうが、ドラマの衣装は共演者や撮影場所とのバランスを考え抜いた上で選ばれていますから。それでも、あなたは何としてでも青い布を身につける理由を作ろうとした」

睦月が持った缶コーラを左右田は指した。

「そこであなたはどこかでこっそり缶コーラを振り、今、ここに持ってきた。栓を抜けばコーラが噴き出して衣装が汚れる。そうすれば汚れを隠すために、青い布を身につけて撮影できる、と考えて」

そうなるとメイク直し、掃除の時間が必要になる。撮影時間が押してバトラー馬場は消されてしまう。

左右田は睦月を見つめた。

目を伏せて佇《たたず》んでいる睦月が、やがてぽつりと言った。

「……フードポルノ」

フードポルノとは、おいしそうな料理の写真をSNSやインターネットに掲載することだ。料理写真が食欲をかき立てることを、ポルノグラフィーと性欲になぞらえた造語だと、いつか新聞で見た。

「深夜ドラマを観てるときに、ＳＮＳや掲示板の実況を見たの。食べものが出てくると『おいしそう』『飯テロ』『腹減った』『どこで買えるの』って……。食べものの話ばかり」

睦月の手がコーラを温めるように両手で缶を包む。

コーラが温まればそれだけ噴出の勢いが増す。誰かが振った、と主演俳優の睦月が言い張れば、左右田の言うことなど誰も聞かないだろう。

身構える左右田の前、睦月は淡々と話し続ける。

「視聴者はフードポルノに気を取られて女優の演技なんてそっちのけ。キャストは睡眠時間を削って頑張ってるのに。必死なのに。それでも、前のドラマでは八百円だったお弁当が、次のドラマでは五百円のお弁当になっちゃったり……」

社員食堂で食べたロケ弁を思い出した。

八百円と五百円の弁当では、明らかに見た目が違う。睦月はこのドラマのロケ弁を通じて、自分が置かれた現実を突きつけられたのだろう。出演するドラマのランクが下がったのだと。

缶コーラを包んだ睦月の手に一層力が籠もる。

「女優は人の心をつかまないと生き残れない。だから練習して、練習して、勝負をかけたシーンをフードポルノなんかに邪魔されるなんて」

「ライバルを消したところで、どうせまたすぐに別のライバルが現れます。そんな戦い、キリがないですよ」

「私が消えものにされるなんて許せない」

「ライバルにばかり気を取られて、自分が見えなくなっていませんか」

左右田が少し声を強めると、睦月が口をつぐんだ。校長先生の口調に戻して続けた。

「もっと大事なことも」

どういうことか、と目を見開いた睦月に左右田は告げた。

「あの消えものは、あなたのために用意されたものでもあるんです」

「私のため？」

「一人でセリフを言って泣くだけのシーンは、よっぽど演技が上手い役者でなければシーンがもちません。視聴者にザッピングされて逃げられてしまう。消されてしまうんです」

だから作り手側は知恵を絞る。視聴者を惹きつけそうなものを一緒に出す。

いつか知り合いの脚本家に聞いたことがある。

——一人で悩むシーンにはシャワー。

全裸でないにしろ、裸の肩や背中、脚をちらつかせれば、視聴者を少しは食い止められるという意味だ。

しかし、清純イメージで売っている睦月はシャワーシーンが許されない。そこで台本に組み込まれたのがフードポルノだ。

——クルミ、泣きながら菓子を食べる。

そしてロケ場所がホテルに決まり、エクレアさんやキッシュさんが召喚されたのだ。

「邪道かもしれません。プライドが傷つくでしょう。だけどドラマを、あなたを消えものにしないためのフードポルノでもあるんです」

「いいえ」

睦月が左右田を鋭く睨み、そして続けた。

「フードポルノなんて要りません。私は食べものなんかに頼らなくても、視聴者の心をつかんでみせます」

言い切った睦月がプルタブに指を掛ける。左右田は早口になった。

「覚えてますか。あなたが缶コーラをキープしたときのこと」

細い指が動きを止める。左右田は手でエントランスを示した。

「あなたはコーラで衣装を汚したあと、誰かがこっそり缶を振ったのだと言い訳するつもりだった。だから冷蔵庫の前で、自分の缶コーラをここに置いておく、と大げさにアピールした」

睦月がしれっと言い返す。

「私はあのとき初めて、冷蔵庫に缶コーラがあるって気づいたんです」

「いいえ、それは嘘です。あのとき、あなたは冷蔵庫を開ける前から、缶コーラが入っていることを知ってました」

左右田は冷蔵庫の扉を開けるゼスチャーをしてみせた。

「冷蔵庫を開けた瞬間に目に入るのは正面です。缶コーラは横、ドアポケットに入っていた。だから気づくまでに一瞬、間があるはずなんです。でもあなたは冷蔵庫のドアを開けた瞬間に『コーラだ』と声を上げた」

下手な演技。左右田はそれを見て、睦月が怪しいと勘づいたのだ。

言葉を失った睦月が目を逸らし、ついでじっと一点を見つめた。プルタブに指をかけたまま。

左右田はそっと言い添えた。

「キャリアは点です。一つ一つ丁寧に点を打つ。それを繋げて消えない線を描く。消えものにならないためには、それしかないんです」

睦月は黙ったままだ。片手で缶コーラをぐっと握りしめている。

その缶コーラを取り上げたい。左右田は差し出しそうになる手を懸命に押し留め、睦月を見守った。

そこにスタッフが足早に近づいてきた。

「クルミさん、お待たせしました。撮ります」

「はい」

睦月が顔を上げ、大きく息をついた。

そしてパーカーを脱ぎ、ポケットの青い布ごとスタッフに渡した。ついで缶コーラも。

スタッフが缶コーラを受け取り、睦月に向けて示す。

「冷蔵庫に入れておきますね」

「もういらない。捨てて」

声だけで答えた睦月が窓辺に向かう。

きゃしゃな背中を左右田は見送った。

人目を盗んで消えものを貪《むさぼ》り、衣装を汚そうと密かにコーラを振る。短絡的すぎて端《はた》から見たら呆れ、失笑してしまう行為だ。それでも睦月が突き進んだのは、それだけ思い詰めていたからだ。

きっと誰にも言えなかったから。歳を重ねた左右田は、役者の孤独を知っている。

左右田はリビングを見渡した。

窓辺に立ち、ライティングを待っている睦月は遠目でも緊張しているのが分かる。向かいの壁際では神崎が割本を睨みつけ、必死でセリフを入れている。

きらきらと輝いている若い俳優たち、左右田が気後れして距離を置き、背を向けていた若者たちも孤独と戦っているのだ。

左右田が三十年近く見てきた、見慣れたはずの撮影現場が不意に違って見えた。

そのとき、エントランスから小さな悲鳴が聞こえた。何ごとか、と左右田はエントランスを覗いて啞然とした。

江川がコーラまみれになっている。手にした缶コーラから溢れる茶色い泡の合間に「むつき」と書かれた養生テープが見えた。

2019年12月　ライト

「大変……誠に申し訳ありません……！」

戸辺《とべ》慎也《しんや》は居並ぶ人々の前、膝につきそうなほど頭を下げた。

腹にたっぷりついた肉が折りたたまれて苦しい。頬に血が上り、真冬だというのに額に汗が浮く。

芸能事務所ミダスで働いて二十余年。専務となった今でも、どこかに、誰かに詫びを入れるのは戸辺の日常茶飯事だ。頭を下げるなんてただの動作だ、と割り切っている。

だけど今はあいつの視線を感じる。

少し離れた通路に左右田始《そうだはじめ》が佇んでいる。戸辺を追ってきた足を止めてこちらを見ている。きっと戸辺の無様な姿を見て驚いているに違いない。

連続ドラマ『ドリーム・ファイター』の打ち上げ会場は六本木のラウンジだ。師走《しわす》の夜の街を社用車で駆け抜け、ビルの最上階にあるラウンジに乗り込んですぐに左右田と出くわした。

七年ぶりの思いがけない再会。それなのに、戸辺は「おう」と一声発しただけでラウンジを突っ切った。

ラウンジの最奥面にはステージがあり、他三面には外に通じるドアが一つずつ。ステージの前にはU字形のソファー席がずらりと並び、四列、同じように続いている。

そして四方の壁は紫のビロードの幕で覆われ、ソファーは血のような赤色だ。黒いガラスのテーブルの上で、ＬＥＤキャンドルがちろちろと光っている。ゴシック調というそうだが、今の戸辺にとっては地獄の審判席だ。

今、戸辺は二列目のソファー席の前に立たされている。ソファーにはドラマの制作、編成、営業に関わるテレビ局の幹部社員がずらりと並んでいる。戸辺にとって何より大切なクライアントが。

彼らは皆、半笑いで戸辺の向こうを見ている。最前列の中央にあるソファーで大はしゃぎしているスウェット姿の男を。

「ほらぁ、みんな、これ付けて！」

仁羽類《にわるい》——二十三歳の主演俳優、ミダスの稼ぎ頭だ。

仁羽は女性マネージャーに手伝わせ、たっぷり持ち込んだコスプレグッズを誰彼構わず押し付けている。寝坊に加えてコスプレグッズを買っていくと言い張り、一時間遅刻しておいて一言の詫びもなく。

止めなければ。戸辺があわてて通路に出たとき、仁羽がステージに駆け上がった。

ステージでは女性歌手がドラマの主題歌を歌い始めたところだ。

歌手は乱入する仁羽を見て目を丸くしたが、すぐに笑顔で仁羽を迎え入れた。この会場内で仁羽に逆らえる者は一人もいない。

仁羽は子役をステージに上げ、主題歌に合わせて二人で踊り始めた。そして子役を抱き上げ二人でマイクに顔を近づける。

歌手が笑いながら仁羽たちにマイクを譲ると、仁羽は子役と一緒にサビを熱唱した。

——ねえみんな　分かってるよね
　世界を変えるには　人を変えていくこと
仁羽が決め顔で出席者たちを指差す。ステージ前に集まった仁羽の取り巻きが歓声を上げ、手を振って応える。仁羽のバーターでドラマに出演した脇役の俳優と仁羽お気に入りのスタッフだ。

だが、盛り上がっているのはそこだけだ。

戸辺はそっとステージ袖に進み、最前列を見渡した。

中央にメインキャスト六人が並んでいる。猫耳カチューシャやハゲヅラ、宇宙人を模した付け耳、鼻付きメガネを身につけた六人は、ソファーに背を預けたまま身じろぎもしない。

一時間待たされた上に、コスプレグッズを身につけさせられて——いや、そんなことはまだましな方だ。三カ月間の撮影中、仁羽が繰り広げた悪行に比べたら。

仁羽はドラマの製作発表記者会見も完成披露試写会も、スタジオ撮影もロケも遅刻した。二日酔いで酒の臭いをさせて撮影に臨み、気分が乗らないと控室に籠もり、衣装からロケ弁までワガママを言い続けた。

スケジュールの変更が相次ぎ、予定が遅れに遅れ、打ち上げが今日——最終回のオンエア当日までずれ込んだのも仁羽のせいだ。

主役を張るようになって三年、仁羽が出演する仕事はいつもそうだ。共演者から嵐のようにクレームが寄せられる。マネージャーでは収めきれなくなり、専務の戸辺がお詫び行脚《あんぎゃ》に駆り出される。

それでも仁羽は安泰だ。三つの砦が仁羽を守っている。絶大な人気、業界最大手の芸能事務所ミダスに所属していること、そして、仁羽自身。

主題歌が二番のサビに差し掛かる。仁羽がまた歌手のマイクを奪った。

「みんな三カ月間お疲れ！　俺たち頑張ったよね！　俺たちが『ドリファイ』を最高のドラマにしたよ！」

自分の言葉で感極まったのか、仁羽は胸を押さえて叫ぶ。

「『ドリファイ』チーム最高！　みんな最高！」

ビッグベイビーと呼ばれる童顔が満面の笑みをたたえている。見飽きるほど見ている戸辺でさえ引き込まれる愛らしさだ。

この愛嬌が仁羽の最大の武器だ。

取り巻きが歓声を上げ、つられて場内が一気に沸いた。仁羽の先導に合わせて、あちらこちらで出席者が手を上げ、左右に揺らし始める。

いつの間にかテレビ局員たちも加わっている。メインキャストも同じように一人、二人と手を上げ始める。

終わりよければすべてよし。戸辺はほっと息をついた。

皆と一緒に盛り上げようと手を上げかけたとき視線を感じた。戸辺が顔を向けると数メートル先にまだ左右田がいた。

左右田は通路に静かに立ち、真顔で戸辺を見ている。

戸辺は左右田に小さく手を上げて応え、すぐに前に向き直った。仁羽に向けて大きく腕を振りながら、心の中で左右田に告げる。

どうだ、俺が頭を下げただけのことはあるだろう。

仁羽は上機嫌でステージを終え、客席に背を向けて自撮りを始める。

「ほらあ、みんな入って！　インスタに載せるからいい顔して！」

すぐにメインキャストが仁羽を囲む。皆の心の声が聞こえるようだ。

――もう、しょうがないなあ。

今さら怒ったところで何になる。ドラマの視聴率は上々で、再放送や配信でさらに利益を上げる。視聴者からは『ドリファイ』続編が見たいという要望が殺到していると聞く。

ビッグベイビー仁羽はここにいる皆の太陽なのだ。皆、仁羽が放つ光に照らされ、温められてそれぞれの実りを得ている。

それに、仁羽の横暴は永遠に続くわけではない。

――時がすべてを納めようぞ。

何かの映画であったセリフだ。横暴な芸能人を扱うたびに頭に浮かぶ。

いつかは必ず新しい太陽が現れ、仁羽は太陽の光で輝く月に変わる。

その日までは仁羽を高く、高く持ち上げ続けるのだ。太陽は高い位置で輝くほど地上を明るく照らしてくれるのだから。

専務、と呼びかける声が聞こえた。戸辺の年若い部下、本郷《ほんごう》が足早に近づいてくる。どうした、と一歩踏み出したとき本郷の姿がぼやけた。

ラウンジ内が突然暗くなったのだ。

暗がりのあちこちから声が上がる。グラスが割れる音、人を呼ぶ声、何ごとかと荒らげた声が重なって闇の中で渦を巻く。

まさか、と戸辺は天井を見上げ、そして息を呑んだ。

ラウンジ中央の天井で眩《まぶ》しく輝いていた巨大なシャンデリアライトが、今は消えて夜空の雲のように霞んでいる。

ラウンジの端から端まで見渡せていたのが、今は目の前にいる本郷の顔がかろうじて見分けられる程度。まるで住宅街の夜道だ。

「おい、何だこれ、停電か？」

「いえ、そうじゃないみたいです」

本郷が指差した方を戸辺が見ると、天井に埋め込まれた小さなダウンライトと、両サイド、後部の非常灯はついたままだ。

「これ、なんかの演出か？　聞いてねえぞ!?」

戸辺がステージに向かって吠えたとき、マイクを通さないスタッフの大声が聞こえた。

「すみません。少々お待ちください。照明、今確認しますので」

少しずつ目が暗さに慣れてきた。夜道で街灯に近づいていくときのように、辺りの様子がはっきりしてくる。

通路で足を止めたままの者、席できょろきょろ周りを見回している者、不安そうに固まっている者たちが目に入る。

メインキャストの席に顔を向けると、仁羽はスマホを手にぽかんと立っている。その隣ではベテラン女性俳優が白いレザーのスカートに酒をこぼしたと騒いでいる。スタッフが慌ただしく行き交い、トレイを捧げ持ったウェイターは慎重に進む。

数分待ったがライトは消えたままだ。しびれを切らした戸辺はラウンジの後方に向かった。PAブースではドラマスタッフとラウンジのスタッフが調整卓を囲んでいる。ラウンジのスタッフが戸辺に単行本ほどの大きさの器具を見せた。

「リモコン式の調光器です。誰かが落としたみたいで、電池を入れる部分のフタが飛んでました。内部のパーツも何か飛んだのか、電池を入れ直しても稼働しないんですよ」

戸辺は床を見渡した。暗い上に黒っぽい柄の絨毯が敷かれている。小さなパーツが落ちて飛んだとしたら見つけるのは大変だろう。

別のドラマスタッフがラウンジのスタッフに尋ねた。

「天井のライトに代わるような照明器具はありますか？」

「いえ、デコレーション用のものが少しあるだけで……」

「どうしますか？　薄暗いまんまで宴会っていうのもちょっと……」

ドラマスタッフが一斉に唸ったとき、戸辺についてきた本郷が「あの」と進み出た。

「音響が無事なら、照明が直るまでのつなぎに歌はどうでしょうか。ノエルにもう一曲歌わせるのはどうでしょう？」

ノエルは主題歌を歌った女性歌手。本郷はそのマネージャーだ。声を張り、スタッフに畳み掛ける。

「さっきのステージでは仁羽くんが乱入して歌が――」

しかし、ドラマスタッフは本郷の声が聞こえなかったかのように続ける。

「予定を前倒しして二次会の会場に移りましょうか？」

「あの――」

なおも食い下がろうとする本郷を、戸辺は腕を引いて黙らせた。ノエルは仁羽のバーターでドラマに押し込んだ無名歌手だ。この非常事態を乗り切るだけの盛り上がりなどとても期待できない。

ドラマスタッフの一人が会場を見渡す。

「二次会の会場に今いる全員が入れます？」

「無理かと。時間も早すぎます」

「ここは一旦中止にして、打ち上げは後日改めて――」

戸辺はドラマスタッフの会話に割り込んだ。

「いや、表に週刊誌の記者たちがいるから。打ち上げ終わりの様子を撮ろうとして。中止になんかしたらあることないこと書かれるよ」

すでに記事を書かれた。

――大人気ドラマ『ドリーム・ファイター』撮影現場の不協和音

主演・仁羽類のワガママ三昧に共演者ブチ切れ！

新たな醜聞は避けたい。仁羽が抱えるＣＭの契約に影響したら面倒だ。ヤツはどうしているか。戸辺は目を凝らして仁羽を見た。

仁羽は仮装させた取り巻きにＬＥＤキャンドルを持たせたところだ。笑顔とピースサインで自撮りを始める。戸辺の息子が幼いころ停電ではしゃいでいた姿を思い出させる。

戸辺はドラマスタッフに告げた。

「真っ暗ってわけじゃないし、終わりまで何とかしのげるんじゃないの？　これはこれで雰囲気があっていいじゃない」

宴は続くとアナウンスされるのを聞きながら、戸辺は最後列の自席に向かった。

薄暗い上に同じＵ字形ソファーがいくつも並んでいるから迷う。どこだったっけ、とうろうろし、ようやく見つけてどかっと腰を下ろした。

ソファーの端に、どこかで見たようなシルエットが見える。目を凝らすと、そこに座っているのは左右田だ。

戸辺は慌てて立ち上がった。

「席、間違えた」

見回すと、戸辺がいた席は一つ向こうだ。しかし空席だと思われたのか、若い端役の俳優たちがソファーを占領して盛り上がっている。

どうしたものかと迷っていると左右田に呼びかけられた。

「大丈夫、ここ空いてるよ」

戸辺はためらった。

五十の年まで生きてきて、旧友と呼べるほど長い付き合いの人間はそこそこいる。それなのに左右田にだけは素直に向き合えない。

戸辺と左右田は同い年だ。十九歳のときに出会い、二人で小さな劇団を立ち上げた。二人とも一流の役者になろうと夢見ていた。

だが、戸辺は九年後にその夢を捨てた。そして芸能事務所の社員になり、マネージャーとして働き始めた。

「戸辺くん？」

左右田に声を掛けられたとき、前方で何かが光った。トレイにＬＥＤキャンドルを載せたウエイターが、立っている戸辺に近づいてくる。

「お飲み物は？」

「あ……ウーロン茶を」

戸辺はグラスを受け取り、その勢いで再びソファーに座った。ソファーの端と端で向かい合った左右田に作り笑いを向ける。

「何だよ、始、相変わらずぼっちかよ」

戸辺がドラマや映画の現場を飛び回っていたころ、時折撮影現場で左右田と出くわした。三十代半ばを過ぎたあたりから、現場の左右田はいつも一人で過ごしていた。ひっそりと気配を消し、自分から誰かに絡むことは決してなく、持参の新聞を読んでいた。

姿勢がよく表情が穏やかなので仙人のようにも見えた。だが戸辺は知っている。左右田なりに「わきまえて」いるのだと。

「ま、若手中心のドラマだと仕方ねえよな。おじさんは肩身が狭いや」

グラスをテーブルに置いた戸辺を、左右田が不思議そうに見ている。

「戸辺くん、酒、止めたの？」

「いや……ああ。仕事中だけな」

酔ってうっかり羽目を外し、あとで後悔したくない。もう五十なのだ。

「始は何飲んでんだよ？」

「同じ。ウーロン茶」

左右田がグラスを掲げてみせる。きっと理由は戸辺と同じだろう。

戸辺は左右田のグラスにグラスを合わせた。

「お疲れ」

「お疲れさま」

ウーロン茶を口に運んだ左右田が続ける。

「戸辺くん、現場で全然会わなかったね」

「うん……」

戸辺は言葉を濁し、暖房で渇いた喉にウーロン茶を流し込んだ。

完パケ――ドラマの完成品――は一通り見てきたが、左右田がどこに出ていたかまるで記憶にない。しかし一話こっきりの出演ではないはずだ。打ち上げに呼ばれたのだから。

きっと流し見では見落としてしまうくらいの小さな役だったのだろう。相変わらず。若い頃と変わらず。

記憶にないと言うわけにもいかない。ドラマから話を逸らそうと、戸辺はリモコン故障の顚《てん》末《まっ》を左右田に話した。

「ったく、どこの馬鹿だよ。リモコンを落としたのは。見つけたら消すぞ」

「このまま打ち上げを続けても大丈夫なの？」

「ああ。リモコンの故障だけだし、この機会に営業しなきゃならないやつらもいるし」

場内のあちこちに二人連れのシルエットが見える。制作者やクリエイターに挨拶し、営業をかける俳優とマネージャーだ。

そのとき場内が一段明るくなった。

照明代わりか、ステージに巨大なプロジェクターが置かれたところだ。画面に仁羽の決め顔が次々と映し出される。ドラマの名場面集だ。

アグレッシブなのに恋愛には奥手、という設定の仁羽が恥ずかしそうに告白するシーンが映る。撮影中にタレントとインフルエンサーとの二股疑惑を写真週刊誌に撮られた男が、と戸辺は半笑いになった。仁羽が勝手にＳＮＳで釈明の生配信をしたために、差し障りが出た関係各所に詫びて回るはめになったのだ。

続いて映し出されたのは、ドラマの製作発表記者会見の模様だ。ドラマのタイトルを記したプレートを前に、仁羽たちメインキャストが並んでいる。

左右田がプロジェクターに向かって目を細めるのが見えた。

「戸辺くん、彼女、製作発表に出てたんだ。ほら、あの。あの子」

左右田が指した端には、歌手が遠慮がちに並んでいる。

「ああ、あれね。ノエル。あの子は顔見せだけな。始、あの、で話をするようになったらやばいぞ。ジジイまっしぐら」

「戸辺くんだって、あれ、って。お互い様でしょ」

左右田が苦笑いを浮かべた。薄暗い中で見ると、共に夢を追っていた二十代の頃とさして変わっていないように見える。

副業でボイストレーニングやスピーチ指導を行っているからか、顔のたるみも目立たない。着ているものは全身ファストブランドだろうが、体型が引き締まっているからそれなりに様になっている。

若いころと変わったのは佇まいだ。喜怒哀楽、好奇心と不安でくるくると変わっていた表情が今はすっかり落ちついている。まるで年齢を重ねて悟りを開いたかのようだ。

――お互い様でしょ。

違う。戸辺は心の中で溜息をついて薄暗い場内を見渡した。

ウェイターがトレイに載せたＬＥＤキャンドルの光があちらこちらで行き交っている。またたいて消える流れ星のように。

四層になった客席は光の輪のようだ。光の源は最前列。二列目、三列目、と遠ざかるごとに明るさが薄れる。

かつて主役級の俳優やタレントの世話に追われていたころは、戸辺は光の源に一番近い二列目にいた。スターを見守り、スターが放つ光で自分も輝いていた。

しかし五十路の今は四列目。左右田と同じ最後列だ。

そして、やりたいこと——芝居を続けている左右田と違って、戸辺は保身のために子どものような仁羽の機嫌を取っている。テレビ局や代理店を怒らせまいと汲々《きゅうきゅう》としている。

左右田の前にいると、自分がとてつもなく無様に思えてならない。

これが夢を追い続けた者と捨てた者の差なのだろうか。

夜中に暗闇で目覚めたときのように、じわりと心に闇が流れ込む。

「戸辺くん?」

左右田が黙り込んだ戸辺を不思議そうに見ている。

何でもない、と戸辺が首を振ったとき、尖った女の声が聞こえた。

隣の席に顔を向けると、脇役の女性俳優が仁王立ちになっている。その向かいでドラマの脚本家が身を縮めている。

女性俳優は酒が入っているのか、語気荒く脚本家に食ってかかる。

「どうせ、どうせ私の役なんてどうでもよかったんですよね。適当に書いたんでしょう。ねえ?　そうなんでしょ?」

打ち上げは諸刃《もろは》の剣《つるぎ》だ。撮影はもうない。酒は飲み放題。健闘をたたえ、別れを惜しむ宴のはずが、溜まりに溜まった不満をぶつけ合う修羅場と化すこともある。

駆け付けたスタッフが女性俳優を抱えるようにして連れ去る。戸辺は左右田にささやいた。

「暗いと文句も言いやすいよな。明るいときより目立たないし」

「そうだね……」

「ったく、事務所はどういう教育してんだよ。あんな女優がうちにいたら消すぞ」

左右田は返事をしない。

消すぞ、という戸辺の口癖は昭和のパワハラワードだと娘に叱られたことがある。冗談だと打ち消そうとしたとき、左右田が前方を指差した。

「大丈夫かな？」

「仁羽か？」

「うん。戸辺くんが来るまで暇だったから、ちょっと考えちゃって。変だよね。大きなライトだけ消えたのはどうしてだろう、って」

「だからそれは調光装置のリモコンが――」

「故障して大きなライトが消えた。だけど周りの小さいダウンライトは全部点《つ》いてる。消えるなら一気に全部消えないかな」

「考えすぎだろ」

「いや、この間も撮影中に妙なことがあってさ。それで思ったんだ。小さなことが実は大きなことなんだって」

左右田が戸辺に向けて身を乗り出し、声を小さくした。

「誰かがリモコンで大きなライトだけ消して、それからリモコンを壊したとか。もう点けられないように」

「照明が全部消えたら打ち上げは即中止でしょう？　中途半端に灯りを消して暗くしたってことは、誰かが暗がりに乗じて何かするつもりなのかも」

「はあ？　何のために」

「何か、って――」

「隣の席で脚本家さんに詰め寄ってた彼女のように、不満を抱く相手に何か――」

「仁羽に？」

戸辺はさっきのステージを思い出した。

ステージの仁羽に手を振る戸辺を、左右田は真顔でじっと見ていた。戸辺に呆れているように見えたが、そうではなかったのかもしれない。

「仁羽に、ってことか？」

「……いや、まあ……。いろいろあったし、現場で……」

左右田の顔が歪む。ろくなことを思い出していないのは明らかだ。

さっきとは違う感触の闇が、ずるりと戸辺の心に流れ込んだ。

「何だよ、始、そんなに心配性だったっけ？」

立ち上がると左右田が「戸辺くん」と戸惑ったように呼びかけた。煙草を吸ってくる、と言い捨てて戸辺は席を離れた。

心配性だったのは戸辺の方だ。左右田はといえば、何とかなるさとお気楽に構えて、先の見えない俳優稼業を続けてきたではないか。だから若々しいし取り澄ましていられるのだ。

あいつに会社員の苦労が分かってたまるか。喫煙所に向かいながら、戸辺の足はいら立ちで速まった。

ドラマの中で仁羽が発したセリフが頭の中で蘇る。

——対等だと思ってた相手が偉そうに見えた？

それは自分が沈んだからだよ。

薄暗い視界に仁羽が入ったからだろう。

最前列の中央席で、大きな子どもは女性マネージャーを従え、列を成す関係者からの挨拶を受けている。いつも仁羽は「どうも」と言うだけだが、今日は機嫌がいいのか、相手とちゃんと会話をしている。

戸辺は安心してラウンジの横壁に向かった。

壁を覆った幕の割れ目で非常灯が光っている。それを頼りに扉を見つけて開ける。

通路に出るとすぐに喫煙ブースがあった。ドアだけがガラスになっている小部屋だ。戸辺はブースに入り、煙草を立て続けに二本吸った。

二本目を吸いながら腕時計を見る。打ち上げの終了まで一時間強だ。左右田がいる席には戻りたくない。

喫煙ブースを出て見回すと、通路が突き当たりまで数メートル延びている。煙草の自販機と使い道のないパーティションが置かれている。

暖房で暑くなり、戸辺はジャケットを脱いでパーティションに引っ掛けた。自販機の向かいにある避難経路図を眺める。目立たず腰を落ちつけられる場所は、このフロアにはなさそうだ。ならば、と戸辺は通路の突き当たりに向かった。

スチールのドアを開けると、外は吹きさらしの殺風景なコンクリートのテラスだ。六本木の夜景が一望できるが冷たい夜気も一緒だ。

それでも外に出てみるかどうか。戸辺がドアから半身を乗り出して考えていたとき、不意に背中を思い切り突かれた。

戸辺は悲鳴を上げてテラスに飛び出し、前のめりに倒れた。

氷のように冷え切ったコンクリートに両手をつき、体を起こす。誰だ、と振り返ったときドアがぴしゃりと閉まった。

かちりとドアロックが掛かる音が続く。

「ああ⁉」

戸辺は跳ね起きてドアに飛びついた。

しかしハンドルをひねってドアを引こうとしてもびくともしない。

スマホは脱いで置いてきたジャケットのポケットだ。

シャツ一枚の体に真冬の寒さが急速に染みていく。戸辺はスチールのドアを叩いた。

「誰か！　開けて！　誰か！」

何の反応もない。

拳が痛くなって止め、ドアに耳を当ててみた。何も聞こえない。

もう一度ドアを叩いてみる。叩いた音が鈍く響かないことに気づいた。ドアにたっぷり厚みがあるから、音も振動も吸い込まれるのだ。

寒さとは違う震えが戸辺の体に走った。

通路にはラウンジ内と同じＢＧＭが流れていた。どれだけドアを叩いても、向こうには何も聞こえていないかもしれない。

喫煙ブースはラウンジを出てすぐのところにある。廊下の突き当たりまで来る物好きなど、戸辺以外にいるだろうか。

今や全身が震えている。戸辺は思い切りドアに体当たりした。

「誰か！」

自分の贅肉でドアに跳ね返されただけだ。何の反応もない。

「くそ、誰だよ！　ふざけんな馬鹿野郎！」

精一杯吠えたとき、戸辺はドアに弾き飛ばされた。

目の前に夜空が拡がる。今度は仰向けに倒れたのだ。どうなってんだ、と戸辺はコンクリートに肘をついて重い体を起こした。

ドアを開けたのは左右田だ。開いたドアに手をかけ、目を丸くして戸辺を見ている。

「戸辺くん、何してんの？」

戸辺は夢中で跳ね起きてドアに駆け寄り、左右田を押し退けて中に飛び込んだ。

喫煙ブースの前にいたドラマスタッフと俳優数人がこちらを見て驚いている。

「戸辺専務、どうしました？」

閉め出されたと戸辺が告げると皆が驚いてドア前に集まる。そしてドアノブを見て口元を緩めた。

「ああ、これ、自動で閉まるヤツですよね。知らずにうっかり外に出ると――」

「突き飛ばされたんだよ。俺は、後ろから」

スタッフたちが「は？」と半笑いになる。戸辺は声を強めた。

「俺が外を見てたら、後ろから思い切り突き飛ばされて、それで外に」

「ああ、なるほど。突き飛ばされちゃったんですね」

「はいはい、襲われたと」

皆、笑っている。戸辺が言い訳をしていると思っているのだろう。自動ロックのことを知らずに、うっかり外に出てしまったのを恥じて。

これ以上言い張ってももっと笑われるだけだ。戸辺はとっさに笑顔を作った。

「なーんてね。そういうことにしといてください」

やっぱり、と皆が笑いながら喫煙ブースに入っていく。

戸辺はパーティションからジャケットをつかみ取り、冷え切った体にまとった。体を温めようと両腕で自分を抱いたとき、人影に気づいた。

少し離れたところに左右田が立ち、戸辺をじっと見ている。

仁羽のために必死で詫びる姿に続いて、皆に笑われる姿も左右田に見られていたのだ。決まり悪くて戸辺は語気を荒くした。

「何だよ、始、煙草吸わないだろ。なんでこんなとこにいんだよ？　こっち側、喫煙所しかないのに」

「僕のスマホ、格安だから電波が入りづらくて。この通路は外に面してるから、もしかしたらって来てみたんだ。そうしたら、ドアを叩くような音がかすかに聞こえて」

場内に続くドアが開いた。中から出てきた本郷が戸辺たちを見て立ち止まった。真顔で向き合っている二人を見て怪訝そうな表情になる。

「専務、大丈夫ですか？」

「ああ、何でもねえよ」

戸辺が答えると本郷は喫煙ブースの横でスマホを出し、どこかに掛け始めた。左右田が戸辺に近づいて体を寄せ、声をひそめる。

「ね、戸辺くん、本当に誰かに突き飛ばされたの？」

困ったような顔の眉が上がり、眼差しに力が籠もっている。

戸辺はわだかまりも忘れ、素直に答えていた。

「ああ。突き飛ばされた」


左右田と分かれ、戸辺は先にラウンジに戻った。

まっすぐ最前列に行くと、仁羽は自席に取り巻きを集めて騒いでいる。テーブルの上にはグラスが林立し、相当飲んでいるようだ。

戸辺は仁羽の席の後ろ、二列目に向かった。席の一つにミダスに所属する脇役俳優が固まっていたので、全員別席に移るよう命じる。ここで仁羽を見張るためだ。

席が空くのを待っていると、ラウンジ後方から左右田がやって来た。空けさせた席に二人で座ろうとしたとき、女性のハスキーな声が聞こえた。

「あらあ、あなた戸辺さんのお友達だったの？」

最前列から太縁のメガネがこちらを見上げ、左右田に微笑みかけている。さっき白レザーのスカートに酒をこぼしたベテラン女性俳優だ。ドラマでは仁羽の母親役を演じた。

左右田は「ええ……」と控えめに答え、女性俳優と挨拶を交わしたあと戸辺の横に座って小声で言った。

「一瞬誰だか分かんなかったよ。彼女、派手なメガネを掛けてるから」

「共演してただろ？　三カ月」

「今、初めて挨拶を返してもらえた」

格下の人間には微笑むだけで決して声を発しない俳優がたまにいる。腹が立ちそうなものだが、左右田は呑気に笑っている。

「戸辺くんの威力か。今や大手事務所の専務だもんね。はい、賄賂《わいろ》」

左右田が二本のペットボトルをテーブルに置いた。ロビーの自販機で買ってきたというホットのウーロン茶だ。

何が賄賂だ、と戸辺は苦笑しながら温かいボトルを両手で包んだ。

場内には冷たいドリンクしかない。左右田はわざわざロビーで買ってきてくれたのだ。

テラスに閉め出されて凍り付いた体の芯が溶けていく。左右田を見ると、ウーロン茶を飲みながらラウンジを見渡している。

「それにしても、何で戸辺くんが襲われたのかな」

「知らねえよ」

ジャケットの中に入れていた最新型のスマホも高級ライターも、一万円札数枚も無事だった。

「物盗りじゃなかったってことは、俺を凍死させようとしたってか」

「戸辺くんが専務だから？　偉くなったからいろいろと――」

「専務なんて俺の場合、偉くも何ともねえよ」

専務になったから現場にはそうそう口出しができない。挨拶か詫びのために駆りだされるばかりだ。

専務が出てきたから。専務が詫びているから。戸辺の「専務」は挨拶や詫び、取りなしの重みを増すための肩書きとなっている。

「今の俺がいろいろ言えるのなんて、直属の部下くらいだよ。仁羽のマネージャーと、あれだ、ドラマの主題歌を歌ってる女の子。あの子のマネージャー。もしかして、俺、あの二人のどっちかに恨まれてるのかな」

「そうだとしても、今、打ち上げ中にやらなくてもいいじゃない。二人とも仕事があるし、戸辺くんを襲うなら、打ち上げが終わってからどこかに呼び出して襲うとか、夜道で襲うとかいくらだって――あ、ごめん。ここに来る前の現場、刑事ドラマだったからつい」

戸辺は引きつった顔を何とか緩めた。

「じゃあさ、俺を襲ったヤツは俺の目を盗んで何かしたいのかな？　打ち上げ中に」

左右田が膝を打った。

「そうか、密談」

「誰かが誰かを口説くとか？」

「そう。仁羽くんみたいな超売れっ子俳優に近づくのに、打ち上げはチャンスじゃない。もしかしたら、この会場を暗くして、目立たないように仁羽くんに近づいて――いや、無理か。仁羽くんを引き抜くなんて」

芸能事務所ミダスは業界最大手で、社長は芸能界の長と呼ばれている。そこから仁羽という商品を盗み取るのは無理だ、と左右田は言いたいのだろう。

しかし戸辺は首を振った。

「いや、うちの事務所は確かにあれだけど、引き抜くための抜け道はいろいろあるから。実際、仁羽に声を掛けたところもあったらしいぞ。『今の事務所に不満はない？』ってな。で、どこも出した手をすぐに引っ込めた。仁羽があんなだから」

「エンタメ界も年々コンプライアンスが厳しくなっているからね。スキャンダルとか出ちゃったら――」

「それだけじゃなくて、仁羽が自分のところの稼ぎ頭とぶつかったり、売れてる女の子に手ぇ出したりしたら厄介だろ。プラスよりマイナスが多ければ、他の事務所も二の足を踏むさ」

「だけど、仁羽くんはあれだけＣＭに出て、何十億って稼いで――」

「俺を見ろよ。こんなにデブってハゲたのは全部仁羽のせいだよ。ストレスで。だいたい、こんな暗い中で打ち上げをやってるのだって――ライトが消えても打ち上げを中止できないのは仁羽のせいだもん」

「仁羽くんのせいって、どうして？」

「中止したらまた仁羽のワガママがどうのこうのって噂になるからだよ。二股疑惑の上にワガママって、仁羽が出てるCMのクライアントからクレームつけられちゃうよ。イメージが悪すぎるって。ついこの間だってあったんだよ。仁羽が映画祭に二日酔いで出席してだらだらした姿を撮られて――」

仕事の愚痴を誰かに話したのはいつ以来だろう。もう家族にも怖くて話せない。娘も息子も妻もSNSをやっているからだ。

左右田との再会直後はぎこちなかった言葉が、今は蛇口をひねったように溢れてくる。

「あいつ番宣の収録では椅子をぶん投げたんだよ？　ドッキリを仕掛けられた、聞いてない、って怒ってよ。丸く収めるために俺がどんだけ頭を下げたと思って――」

「ね、彼女、何してるんだろう？」

左右田が戸辺に壁の方を示した。

横扉のそば、天井から垂れた幕の前に歌手が一人で佇んでいる。左右田が戸辺にささやく。

「彼女、僕がここに来たときから、ずっとあの辺にいるよ」

「え、一人でか？」

マネージャーの本郷はどうしたのか。戸辺が立ち上がってラウンジを見渡したとき、後方から本郷がやってきた。

戸辺は本郷を席に呼んだ。ウェイターのように前に屈んだ本郷に訊くと、電話をしに通路に出ていたという。

「さっきからずっと？　ずっと外で電話してたのか？」

「あ、いえ、たまたま、続いて掛かってきて」

すいません、と頭を下げた本郷を戸辺は立たせた。

「じゃあ早く戻ってあの子を売り込め。打ち上げは営業の絶好のチャンスだろ。局の人も制作会社の人もいるんだから、片っ端から」

「はい」

うなずいた本郷が歌手の元に向かおうとして足を止めた。そしてまた戸辺の前に屈み、最前列を指差した。

「あの、あれ、いいんですか？」

本郷が指した先では、仁羽と女性マネージャーがソファーの背越しに話している。仁羽は甘えるようにソファーの背に頭を預け、マネージャーが笑顔で優しく話しかけている。

「なんか二人の雰囲気、怪しくないですか？」

「怪しいってあいつらがデキてるってこと？　そんなんなってたら消すよ、マジで」

冗談だろうと戸辺は笑い、左右田も戸惑ったような笑みを浮かべた。しかし本郷は真顔だ。

「仁羽くん、これまでマネージャーがしょっちゅう替わってたじゃないですか。それなのに彼女は珍しく続いてるし。この間、事務所の同期が集まったときに話題になったんですけど、仁羽くん彼女のことが相当お気に入りみたいですよ」

「だけど仁羽はタレントとインフルエンサーと二股してるって話が――」

「あんなのカムフラージュかもしれないじゃないですか」

戸辺は仁羽とマネージャーを改めて見た。

そういえば、仁羽は今日、関係者との「謁見」で珍しくちゃんと会話をしていた。いつもは全部マネージャーに丸投げしていたのに。

戸辺は本郷を挨拶回りに追い立ててから左右田に尋ねた。

「なあ、どう思う？」

「うーん……」

「仁羽は甘ったれだから、マネージャーのことを姉貴みたいに思ってるんだろう、って気に留めてなかったんだけどさ。でももし、あの二人がデキてるとしたら事情が変わってくるぞ」

「事情？」

「さっき言ってた、引き抜きの話」

周りを見回し、誰にも聞かれていないことを確かめてから戸辺は続けた。

「俺が言ったろ？　トラブルメーカーの仁羽を引き抜こうなんてヤツはいねえ、って。だけど、仁羽を扱えるマネージャーが一緒だとしたら？　仁羽が問題を起こさないようにマネージャーが抑えられるなら、仁羽は最高の商品だよ」

「そうだね。もし、仁羽くんがマネージャーさんと付き合ってるとしたら、女性絡みの問題を起こす可能性も減るし……」

だが、左右田はまだ納得しきれていないようだ。ペットボトルを揺らしながら、何事か考え込んでいる。

戸辺はスマホの時計を見た。打ち上げの終了予定時間まで四十分を切ったところだ。

その間に仁羽の引き抜きが始まってしまったら。芸能界の長、社長に戸辺が怒られる。

戸辺は左右田に向き直った。

「なら、確かめてみよう」

「確かめる？」

「ああ。誰がライトを消してここを暗くしたのか、俺を凍え死にさせようとしたのか。それを炙《あぶ》り出すんだよ」


ラウンジに流れていた音楽がマイクにスイッチを入れる音で断たれた。戸辺はステージに向かって左側の壁際でそれを聞いた。

薄暗い中、出演者が揃ってステージに向くのが見える。始まるぞ、と身構えた戸辺の前、ステージに上がったドラマスタッフがマイクに向かってメモを読み上げる。

「皆さま、本日は暗い中の打ち上げとなってしまい、大変申し訳ありません。もう後半になってしまいましたが、ライトのリモコンの替えがもうすぐ届くそうです。あと数分でライトが点きます」

最前列で仁羽が歓声を上げ、両手のコスプレグッズを突き上げる。

「遅《お》っせーよ！　早く明るくして！　せっかく記念撮影のために買ってきたんだから」

場内がどっと沸いた。メインキャストたちも周りで笑っている。戸辺の隣にいるプロデューサーだけは笑っていない。

「戸辺さん、知りませんよ？　仁羽くんがキレても」

もうすぐライトが点くというのは嘘だ。

誰かが場内を暗くして何かをしようとしているのであれば、ライトが点くと聞いたら何らかの行動に出るはずだ。そう考え、プロデューサーに頼み込んで賭けに出たのだ。

怪しい動きはないか、客席に目を凝らしながら戸辺はラウンジの最後部にゆっくりと移動した。そしてロビーに通じる扉まで来て、あれ、と足を止めた。

ここで場内を見張っているはずの左右田がいない。この大事なときにどこに行ったのだ。

仕方なく戸辺が一人で場内を回ろうとしたとき、ざわめきが起きた。

参加者が一斉に右側を向く。立ち上がった者もいる。

「何あれ？」

「誰かいる？」

皆が見ているのはステージに向かって右側。天井からビロードの幕に覆われた壁だ。

そして幕の一枚が声に煽《あお》られたかのように大きく揺れた。

すぐにまた幕が揺れる。今度はぴんと強く張り、天井のレールで金具が音を立てた。次いで幕がぶつっとレールから外れ、音を立てて床に落ちた。

戸辺は反射的にそちらに駆け出した。

近づくと、落ちた幕の下で何かがうごめいている。戸辺は夢中で床に膝をついて重たい幕をつかんだ。そり返るようにして両手で引っ張った。

幕の下に、二人の男が折り重なって倒れている。うつ伏せになっているのは左右田。そして、左右田の下で仰向けに倒れているのは本郷だ。

駆けつけたスタッフたちが啞然として立ち止まる。

「ちょっと左右田さん、何やってんですか!?　本郷さんも」

左右田がのそりと上半身を起こし、「すみません」と頭を下げた。

「……暗くて……ちょっと足がもつれて……本郷さんとぶつかって……」

呂律《ろれつ》が回っていない。目つきが蕩《とろ》けている。スタッフが顔をしかめる。

「酔っ払ってるよ」

「飲み過ぎだろ」

嘘だ。ウーロン茶しか口にしていなかった左右田が、急にこんなに泥酔するわけがない。

そのとき前方から仁羽の声が聞こえた。

「ねえ、あれ火事のときのヤツだよね？」

幕が外れた部分はざらついた壁が剝き出しになっている。その下部で消えることのない赤いランプが輝いている。幕で隠されていた火災報知器だ。

左右田が戸辺の腕をつかみ、別人のように鋭い声でささやいた。

「彼と一緒に外に連れてって。頼む」

自分の部下と旧友のことだから、と戸辺はひとまず関係者をなだめた。そして左右田と本郷を通路に押し出した。

閉まるドアがラウンジの喧噪を遮る。喫煙ブースの前に立った左右田が別人のようにしゃんと背筋を張り、本郷に向き直る。

「おかしいな、って思ったんです。本郷さんは営業のチャンスにもかかわらず、担当の歌手をずっと一人にしてどこかに行っていたから」

本郷は黙ってうつむいている。戸辺は左右田に尋ねた。

「始、本郷を疑ってたのか？」

「戸辺くんがどうしてテラスに閉め出されたのか考えてたら、これを思い出したんだ」

左右田が通路の壁を指差した。

煙草の自販機の向かいに避難経路図が掲示されている。このフロア――ロビー、ラウンジ、通路の見取り図と、設置された火災報知器や各種探知器、そして非常口が記されている。

「戸辺くんがテラスに押し出される前、煙草を吸いにここに来たよね？　想像だけど、そのとき本郷さんもここに来合わせた。喫煙ブースを出た戸辺くんの様子を物陰から窺ってた」

戸辺が左右田に腹を立て、喫煙ブースに来たときのことだ。

左右田が「違っていたらすみません」と本郷に前置きして続ける。

「本郷さんはこの避難経路図を確認したかったんじゃないですか。ラウンジのどこに火災報知器があるか知りたかった」

経路図はビルのどこかに必ず掲示されている。ところが避難経路図を見つけたら、そこには戸辺がいた。戸辺は喫煙ブースを出たあと、左右田のいる席に戻りたくなくて通路をうろうろしていた。

本郷は困った。戸辺の前で避難経路図をチェックしたら後々怪しまれるだろう。それで喫煙ブースの陰に潜み、戸辺が場内に戻るのをじっと待った。

「だけど戸辺くんはなかなかいなくならない。打ち上げの時間は限られているから、一刻も早く避難経路図を見たい。そのとき戸辺くんが外に続くドアを開けてテラスを覗いた。焦っていた本郷さんは、戸辺くんの背中を――」

「突き飛ばして俺を閉め出したのか、あのクソ寒いテラスに！」

「そう。そして素早く避難経路図をチェックしてその場を去った」

左右田が本郷に向き直った。

「戸辺くんが通路に戻って僕と話をしていたとき、本郷さんがラウンジから出てきましたよね。そのとき本郷さんに見えたのは、向かい合って立っている戸辺くんと僕。それなのに本郷さんはつい『大丈夫ですか』と言ってしまった。戸辺くんを寒い外に閉め出したあとだったから――」

「ふざけんな本郷、消すぞお前マジで！」

戸辺は本郷に詰め寄った。

「だいたい何もないのに火災報知器を鳴らすなんて、いたずらじゃ済まねえぞ！　どういうつもりだよ!?」

本郷は身じろぎもせずうつむいたままだ。左右田が「戸辺くん」と制して続ける。

「本郷さんが担当してる歌手のノエルさんのこと。何でこんなに印象に残ってないんだろう、って考えたんだ。僕はネットでドラマの製作発表を見たし、ＣＤのリリースイベントや歌番組出演もその都度、芸能ニュースで見てた。それなのに、正直ノエルさんのことは記憶にない」

　左右田だけではない。戸辺もだ。

「さっき戸辺くんと一緒にラウンジのモニターで製作発表の模様を見て、あれっと思った。ノエルさんが顔見せだけで登場してた。失礼だけど、まだマイナーな歌手が顔見せだけでドラマの製作発表に出るなんてあるのかな、って」

「あれはもともと製作発表で主題歌を披露する予定だったんだよ。仁羽の遅刻でスケジュールが後ろ倒しになって、歌はカットになった」

「CDのリリースイベントのとき、仁羽くんは？」

「リリイベのときは……ああ、仁羽の二股疑惑が写真週刊誌に載って大騒ぎになったときだ。芸能ニュースはそれ一色に――始、歌番組のときもだ。仁羽が二股疑惑を誤魔化すために生配信をやって」

「しかも歌番組の彼女の登場時間と丸被り。ネットで検索して確認した」

　左右田が戸辺にスマホを示し、本郷に向き直った。

　本郷は唇を噛み締めてうつむいている。左右田は本郷に向けて続けた。

「そして今日は打ち上げのステージ。ノエルさんのことをテレビ局や広告代理店、ドラマの制作スタッフたちクリエイターにアピールする、最大の、そしておそらく最後のチャンスだ」

「確かに。今夜ドラマの最終回がオンエアだからな……」

　所属歌手が結果を出せなければ、戸辺たち事務所の幹部は先のことを検討する。採算の取れないCDを出すのを止め、若い女性歌手なら男性誌向けのグラビアやドラマに路線変更をさせる。それが向いていなければ契約終了だ。

「それなのに、またしても仁羽にスポットライトを奪われたか」

戸辺は今日のステージを思い出した。仁羽の歌、仁羽のダンス、仁羽の言葉。記憶の中の歌手は背景、歌う舞台装置でしかない。

「だから、本郷さんは自分でもうワンチャンス作ることにした。それは打ち上げの間に事件が起きて、テレビのワイドショーに取り上げられること。ドラマを制作した関東テレビは、その事件を報じるときにドラマの主題歌を流すでしょう」

戸辺にも想像できる。ドラマを紹介する映像のバックに主題歌が流される。ワイドショーのフォーマットでよくあることだ。

本郷の狙い通り、歌手の歌声が全国ネットのテレビで流れる。少なくとも、週末のワイドショーまでは。あと数日、アピールチャンスが延びる。

左右田が続ける。

「そのためには緊急車両が出動するレベルの事件を起こさないと。パトカー、救急車、消防車。だから本郷さんは、打ち上げの間にこっそり火災報知器を鳴らそうと企んだ。たとえわずかでも、奪われたスポットライトを奪い返すために」

うなだれる本郷に左右田が声を掛けた。

「そこまでするほど頑張ってきたんですよね。彼女の売り出しを」

「——分かってるなら、見逃してくれてもよかったじゃないですか」

本郷が顔を上げて左右田を見た。

「最後のチャンスだったステージは乗っ取られて、もう一度歌わせてくれと頼んでも聞いてもらえない。他にどうすればよかったんですか」

睨むような目が左右田から戸辺に向く。

その目を見て、戸辺は思い出した。

――専務、新しいプレスリリースを作ったんです。見てください。

――宣伝にもう少し予算が欲しいんです。口添えしてもらえませんか。

何とか歌手をブレイクさせようと、本郷は熱意で目を輝かせていた。

その目が今は暗く翳《かげ》っている。

打ち上げのステージが歌手にとって最後のチャンスであることも、仁羽がそれを奪ったことも戸辺は分かっていた。分かっていながら目を背けた。仁羽を、いや、自分を守るために、本郷の努力や熱意を無意識のうちに頭から消していた。

戸辺は左右田を見た。

二人でいると、かつて夢を追いかけた時代を思い出す。戸辺と左右田も今思えば馬鹿げたことを何度もやった。注目を浴びたくて、チャンスを摑みたくて必死だった。

それなのに、本郷が抱えていた鬱屈が見えなくなっていた。長年、芸能界のスポットライトを見続けて、心の目がくらんでいたのだ。


戸辺は左右田と一緒に本郷を連れてロビーに向かった。

ロビーにはラウンジ最後部に続くドアがある。そこから目立たないように中に入り、まずはプロデューサーに詫びに行くことにしたのだ。

しおしおと歩く本郷を追いながら、戸辺は左右田を見た。

左右田は戸辺と逆だ。ずっとスポットライトの外にいた。だから人の心の暗がりが見える。

「始、本郷を疑ってたこと、何で俺に言わなかったんだよ？」

「本郷さんは戸辺くんの部下だから、確証もなしに疑うようなことは言えなくて。ライトが点くってアナウンスが流れたとき、本郷さんを見張ってたら幕の下に潜《もぐ》っちゃったから、急いで追いかけたんだ」

もしも本郷が火災報知器を鳴らし、消防車が出動する騒ぎになっていたら、またマスコミが曲解して仁羽が叩かれたかもしれない。

「本郷、始に感謝しろよ。泥酔した振りをしてまで庇《かば》ってくれたんだぞ。始の仕事がなくなったりしたらお前のせいだかんな」

「大丈夫。暗かったし、僕、存在感ないから」

左右田が屈託なく笑う。あとでプロデューサーにフォローを入れようと決めたとき、肝心なことを思い出した。

「本郷、仁羽がマネージャーと付き合ってるっていうのは？」

「いや、あれは専務が僕のこと疑ってそうだったから、矛先を逸らそうと言ってみただけで。彼女と付き合ってるのは僕です」

開いた口が塞がらない。左右田も目を丸くしている。

本郷は唇を尖らせる。

「それで余計に仁羽くんの横暴がムカついたっていうか。そこでライトが消えて会場が暗くなったから、これはチャンスだって――」

「チャンスじゃねえぞこら！」

凄《すご》んだ戸辺を押し退けて左右田が本郷に尋ねる。

「ちょっと待って。調光器のリモコンを壊してライトを消したのは本郷さんじゃないんですか？」

「違います。ラウンジが暗くなったからやる気になったんです。専務、僕あのとき隣にいましたよね」

本郷の言うとおりだ。ライトが消えて暗くなったとき、本郷は戸辺の隣にいた。

左右田が確かめるように言う。

「本郷さんは、ライトを消していないと」

「ええ。ラウンジが明るかったら、何かやらかそうなんて思えないですよ。ここ、局とか代理店とかの偉い人がたくさん集まってるんですよ？　それに専務はすぐ『消す』とか言うし」

「じゃあ、ライトを消したのは……？」

眉を寄せた左右田が戸辺に向いたとき、ラウンジからロビーに通じる両開きのドアが開いた。出てきたのは白レザーのスカートを穿いたベテラン女性俳優だ。マネージャーや付き人が従い、プロデューサーたちがあとに続く。

ロビーの中央で足を止めた女性俳優に戸辺は声を掛けた。

「あれ、もうお帰りですか？　まだ歓談タイムは残ってるし、そのあとの挨拶も――」

マネージャーがにこやかに遮る。

「失礼させていただきます。またいずれ」

女性俳優は付き人に着せかけられたコートに腕を通す。そして首につけていたものをむしり取り、無造作に投げ捨てた。マネージャーがすかさず受け止める。

アクセサリーのように見えていたそれは、コスプレ用の猫耳カチューシャ。仁羽が打ち上げに持ち込んだものだ。

エレベーターが到着し、マネージャーが開いたドアを押さえた。女性俳優はタイトなスカートを優雅にさばきながら乗り込む。

左右田が戸辺にささやいた。

「もしかして」

きっと左右田は戸辺と同じことを考えている。長年役者をやっているのだ。戸辺もかつては役者で、長年芸能人を見てきている。

左右田が一足先に駆け出した。

猛ダッシュで突進し、見送りのプロデューサーたちを割り、左右田はエレベーターに飛びついた。ドアが閉ざされる寸前でタッチダウンのようにドア横のボタンを押した。

エレベーターのドアが再び開き始める。何とか左右田のあとから追いついた戸辺は、ドアをこじ開けるように体を割り込ませた。

マネージャーと付き人にガードされた女性俳優が、こちらに冷たい視線を向ける。

戸辺は女性俳優に深々と頭を下げ、背後のプロデューサーたちに聞こえないように低い声で告げた。

「大変申し訳ありません。うちの仁羽が今日もご迷惑をお掛けしまして」

女性俳優がマネージャーと視線を交わした。そこに畳みかける。

「仁羽によくよく言って聞かせますので」

戸辺の必死の形相を見た女性俳優が、やがて口元を歪めた。

「フォトハラ、って言葉をあの子に教えてあげて」

マネージャーがにこやかに戸辺をエレベーターから押し出す。

戸辺はプロデューサーや本郷の視線を避け、左右田とエレベーターの横に退いた。そして左右田に小声で確かめた。

「始、フォトハラのハラって――」

「ハラスメント。写真を無断で撮ること、それを無断でSNSとかに載せてしまうこと。彼女はきっと、もうすぐライトが点くとアナウンスされたから帰ったんだね。仁羽くんがまた写真を撮り始めるから」

「仁羽は撮った写真をSNSに載せる。写りが悪いと劣化したと言われて女優には死活問題だよな。勝手にばちばち撮るから、気が抜けた瞬間を撮られたりもするだろうし」

左右田が両手の指を丸め、メガネのように顔に当てる。

「彼女が今日だけ太い縁のメガネを掛けてきたのは、顔のシワを目立たなくするためじゃないかな。白いレザーのスカートはレフ板代わり。自衛したくなる気持ちは分かるよね」

「ああ。それなのに、仁羽にふざけたコスプレまで強要されて、さすがに限界に来たんだろうな……」

写真が撮れないように、調光器のリモコンを壊させるほどに――戸辺は寒気を覚えた。仁羽という眩しいライトで目がくらんで見えなくなっていたものが、まだあったのだ。

左右田が静かに言う。

「些細に見えることでも、悪気はなくても、嫌と言えない状況ならパワハラ、マイルドパワハラだよ」

戸辺は左右田に言われたことを思い出した。

――小さなことが実は大きなことなんだって。

歌手のステージを奪っただけではない。詫びればいいだろうとばかりに、戸辺は仁羽のワガママを押し通してきた。仁羽が主役を張るようになってからの三年間ずっと。

皆が仁羽に逆らえないのをいいことに、嫌と言えないのをいいことに、戸辺はどれだけのマイルドパワハラに加担してきたことだろう。

左右田が戸辺をまっすぐに見た。

「スペルは違うけど、権利のことも英語でライトって言うよね。人の権利をないがしろにしてたら、いつかしっぺ返しが来ると思う」

左右田の言うとおりだ。

このままではきっと、戸辺にも「いつか」が来る。

女性俳優を送り出した関係者たちがラウンジ内に戻っていく。一人、人の流れに逆らうようにプロデューサーが戸辺に近づいてきた。

「戸辺専務、大丈夫ですか？　あの、壊れた幕のことなんですけど――」

戸辺は手を上げて遮った。幕は戸辺の事務所で弁償すると先回りして告げ、そして続けた。

「騒がせといて何だけど、打ち上げの締めに、ノエルにもう一度歌わせてやってくれない？」

本郷が驚いたようにこちらを見る。戸辺は構わずプロデューサーに深々と頭を下げた。

今ならまだ間に合う。間に合ってほしい。

2020年5月　ステージママ

重い足をせき立てて渋谷駅のハチ公改札を抜ける。マスクの中で一つ息をついて視線を上げた瞬間、左右田始《そうだはじめ》は思わず足を止めた。

二〇二〇年、五月下旬。昼下がりのスクランブル交差点を渡る人はまばらだ。顔を左に向けると、いつも賑わっていたハチ公前広場もがらんとしている。

コロナ禍で人影が消えた繁華街の景色は、テレビやインターネットで何度も目にした。しかし、交差点の向こうにそびえる有名なファッションビルを見上げたとき、左右田の全身に衝撃が走った。

円筒形の壁に常に掲示されていた巨大な広告が、今は消えている。

五十一年生きてきて初めて見る光景だ。左右田は横断歩道を渡ることも忘れ、ぐるりと周囲を見渡した。

多くのビルから広告が下ろされている。巨大なサイネージは広告映像も音声も消され、景色に黒く四角い穴をぽかりと空けている。人通りが激減した今、高い料金を払って広告を出す価値はない。

地面に突いた傘が水滴を払うように、昨日から左右田に重くまとわりついていた憂鬱が吹き飛んだ。

早足で交差点を渡り始める。待ち受ける仕事が何であろうとやるしかない。

新型コロナウィルス感染の最大要因が人と人との接触だと分かったのが今年の二月。左右田が端役で出演するはずだった映画やドラマ、舞台が次々と中止になった。

それればかりか、副業でやっていたボイストレーニングやスピーチ指導も当面休業することになった。

再開できたとしても、去った生徒が全員戻ることはないだろう。コロナ以前・以降と言われるように、世界は変わってしまったのだ。

コロナ禍で密を避けるために、いくつも「新しい生活様式」が生まれた。しかし新しいエンターテインメント様式は今のところ、左右田にとってお先真っ暗だ。

密を避けるためには人を減らさなければならない。そうなると、撮影現場で真っ先に間引かれるのは、左右田のような端役の俳優なのだ。

緊急事態宣言が解除されて三日経っても、左右田が所属する芸能事務所からは何の連絡も無かった。

焦った左右田は別の芸能事務所に勤める旧友の戸辺《とべ》に電話した。長い付き合いで初めて仕事を紹介してほしいと頼んだ。

そして昨日、戸辺から電話で「紹介できる仕事が一つだけある」と伝えられた。

左右田と同年代の人気俳優がコロナ恐怖症になったそうだ。六月上旬に撮影を再開する夏クールの連続ドラマを降りたいとまで言っているらしい。

——で、顔が映らない部分は代役で撮ることになりそうなんだよ。

始、あいつの代役をやらねえか？

あいつと同世代で背格好が似てるし。

代役は後ろ姿と首から下しか映されない。

五十一歳まで頑張ってきて今さら、と思った。しかし五十一歳だからやるしかない。

俳優で居続けることは年を重ねるごとに大変になる。それに、偉大なる俳優で演出家のスタニスラフスキーも言っているではないか。

——小さな役などない、小さな役者がいるだけだ。

ドラマの制作会社に到着し、左右田を待っていたスタッフと合流してエレベーターに向かった。入れ違いに小学校低学年と思われる少年が母親と一緒に降りてくる。

制作会社のある階に上がってエレベーターを降りるときも、入れ違いに母子連れが乗り込んできた。もしかして、と左右田はスタッフに尋ねた。

「今、子役さんのオーディションをやってるんですか？」

「ええ、朝から。主人公の息子役のオーディションです」

スタッフが左右田を待たせて奥に向かう。左右田はエレベーター前にあるベンチに座り、エレベーターホールを見渡した。

数メートル先にある自販機の前にも母子がいる。

こちらに斜め横顔を向けた少年は、ジュースのペットボトルを片手に、壁際に置かれたショッキングピンクの縫いぐるみを眺めている。

少年のむっちりと肉付きのいいシルエットとまつ毛の濃い大きな瞳を見て、左右田は思い出した。今年十歳になる有名子役だ。

その向かいには、ショートヘアにグレーのマスクをつけた母親がしゃがんでいる。有名子役と目線を合わせ、熱心に話しかけている。

「ね、だからトムくん、もうちょっと高く」

口の前に手を置き、ついでその手を頭上に持っていく。声を高く、と言っているようだ。

少年は母親の言葉を聞き流し、うつろな目で辺りを見回している。そして左右田に気づくとぐっと目を細めた。何見てんだよ、と言わんばかりに。左右田はうろたえ、顔を伏せた。

子役は苦手だ。とくに男の子は。

はーい、という生返事に続いてぱたぱたと足音が通り過ぎていく。左右田が顔を上げると、少年が奥に続く通路に駆け込んでいくところだ。母親も立ち上がり、少年に続いて足早に通路に入っていく。

左右田がほっとしていると、まもなくスタッフが戻ってきた。

「すいません、もうちょっと待ってもらうんで、こちらへ」

スタッフに従い、さっきの母子を追うように廊下に入った。

両脇に並んだ大小の会議室やリハーサル室のドアは、すべて開け放たれている。コロナ対策で換気をするためだ。密を避けるべく、子役オーディションの参加者は一室に親子二組までと決まっているそうだ。

スタッフが一室の前で足を止めた。入口に左右田を待たせ、先に入って呼びかける。

「お母さん、すみません。俳優さんに、こちらで待っていただいてもいいですか？」

「はい。どうぞ」

スタッフに促されて中に入った。がらんと広いリハーサル室だ。あれ、と左右田は目を見張った。

入口に背を向けて座った女性が、体をひねって顔をこちらに向けている。さっきエレベーターホールで見かけたショートヘアの母親だ。

しかし、母親の隣で同じように左右田を見ているのは、涼しげな瞳と長い手足のスレンダーな少年だ。さっき見た有名子役、むっちりした体つきの「トムくん」とは似ても似つかない。

左右田はスタッフに小声で尋ねた。

「あの、今のオーディションって、兄弟の同伴もOKなんですか？」

「いえ、NGです。子役さん一人につき付き添い一名」

「でも、たまに兄弟も連れてきちゃう親御さんが――」

「今、コロナで密NGですから。預け先が無いから、って兄弟を連れて来たお母さんがいましたけど帰ってもらいました」

左右田は母親と少年を二度見した。

なぜだ。子どもが入れ替わっている。

どうして子どもが入れ替わったのか。

トイレに立った左右田は、手洗いとうがいを済ませてリハーサル室に戻りながら考えた。

リハーサル室の母子——子役の麻生昴《あそうすばる》とその母親——とは簡単に挨拶を交わした。スタッフによると昴は八歳。芸歴はまだ浅いが人気急上昇中だという。

それでも昴の母はオーディションを前に、息子のライバルである有名子役、トムくんを構っていたということになる。

——だからトムくん、もうちょっと高く。

あのときの熱心な指導は、単なるおしゃべりとは思えない。

左右田が首をひねったとき、子どもの叫び声が聞こえた。

一室の出入口から中が見える。オーディションを待つ子どもが拳を握って叫んでいる。

「お母さん、つぎはいつ会えるの!?　ぼく、さびしいよ！　どうして!?　どうしてお母さんはぼくを置いていくの!?」

オーディションの演技テストに向けての練習らしい。仁王立ちの母親が手にした台本を見ながら相手役のセリフを読み上げる。

「許して、今は言えないの」

「いやだ！　ぼくはお母さんと暮らしたい！」

子どもがセリフに一層力を込める。

「ねえ、おうちに帰ってもいいでしょう!?　お願い！　おじさんもおばさんも優しくしてくれるけど！　ぼくはお母さんと一緒にいたい！　どんな目に遭ってもいいよ！」

セリフはなかなかの長さだ。それだけ演技を見るということは、かなり重要な役なのだろう。子どもが両手を握り合わせ、声を張り上げる。

「ぼくの、お母さんは、お母さんだけだよ！　お願い、本当のことを教えて！　待って！　置いていかないで……！　お母さん……！」

「そうじゃないでしょ！」

母親がまなじりを吊り上げ、台本を我が子に突きつける。

「さっき言ったでしょう？　ほら、台本のここ、『……』のところ。ここで、うんと悲しくなって、はい！　『お母さん』！」

鬼の形相の母親を見て、左右田は思わず後ずさった。

ステージママの情熱にはいつも圧倒される。まるで母ライオンだ。我が子を谷底に突き落とす。行く手を阻むものに牙をむく。

さっき昴の母は一体、有名子役に何を話していたのだろう。

あのときの様子を思い出していると、「左右田さん？」と呼びかける声が聞こえた。

奥からドラマのプロデューサーがこちらに向かって歩いてくる。マスクをつけていても黒々とした太眉ですぐに見分けがついた。「ゴルゴ」というニックネームでメディアにもよく登場する有名人だ。

「左右田さん、すいませんね、来ていただいた上にお待たせして。今やってるドラマのオーディションが――」

さっきの控室からまた子役の雄叫《おたけ》びが聞こえた。

プロデューサーと一緒に控室を覗くと、子役が母を呼びながら床を転げ回っている。母親が「もっと！」と檄を飛ばす。

うわ、とプロデューサーが顔をしかめた。

「余計なことしないでほしいですよ。こっちは子役の素《す》が見たいのに」

「まあ、お母さんたちの気合いが入るのも無理ないですよ」

「オーディションが減って競争率が上がってますからね……でもねえ、俺らはあれを見るんですよ。一人一人、フルで」

「え、一人一人!?」

通常、オーディションは五人、十人とまとめて面接する。

「ええ。一人なんですよ。コロナのせいで。オーディションは審査する側だけで何人もいますから。密を避けるために一人ずつ面接。それがね……」

プロデューサーが顔を歪めた。

集団面接だと、ぱっと見でアウトの候補には時間を掛けない。しかし一対一だとそうはいかないという。

「一人一人質問をして、フルでセリフを言わせて。おまけに一人面接するごとに部屋の換気をして、子役が座った椅子の消毒もして。もう、コロナのせいで何をするにも時間を食って食って。実は、このままだとあと一時間、いや、もうちょっと掛かりそうなんです」

プロデューサーが左右田に向き直った。

「左右田さん、どうします？　このままお待たせするのも申し訳ないんで、面談はまた別日に設定させてもらいましょうか」

左右田は一瞬考えた。そして答えた。

「いえ、構いません。このまま待たせていただきます」

気になるからだ。代役に選ばれるかどうか。そして麻生昴とその母親のことが。


オーディション審査に戻るプロデューサーと別れて、左右田はリハーサル室に戻った。

二十畳はある横長の広い部屋だ。入って左側の壁一面に鏡が張られ、何枚かのついたてや箱《はこ》馬《うま》が置かれている。

部屋の中央には、会議用テーブルが間を空けて横並びに二台置かれている。その前に、出入口に背を向ける形で椅子が二脚ずつ置かれている。部屋にいていいのは四人だけだと念押ししているようだ。

出入口の向かいにあたる壁には折りたたんだ会議用テーブル何台かが寄せられている。その上にはエレベーターホールで見かけたのと同じショッキングピンクの子犬の縫いぐるみが乗っかっていた。この制作会社が手がけている子ども番組のキャラクターのようだ。

左右田は与えられた右側のテーブルに座り、左側のテーブルを窺った。

昴の母が左右田に近い方に座っている。昴のフェイスガードを丁寧に除菌ティッシュで拭いているところだ。

視線を感じたのか、グレーのマスクの上で二つの瞳がこちらを向いた。左右田の顔をじっと見る。さっき挨拶をしたときも同じように見つめられた。

端役俳優あるある――左右田をどこかで見たような気がするけれど、思い出すことができないのだろう。左右田は会釈をして昴の母から目を逸らした。

そして、少し間を置いて少し間を置いて椅子を引き、後ろに下がった。そうすると、昴の母の向こうで昴が椅子にふんぞり返っているのが見える。

昴はお疲れなのか、子ども用のスマホに掛かってきた電話に素っ気なく答えている。

「……うん。……うん。別に。普通」

つんとすました横顔を、左右田はそっと観察した。

左右田にはいないが、子どもは基本的に好きだ。昔から弟や友人の子どもを可愛がっていたし、そこそこ好かれていたと思う。

仕事柄、物真似や読み聞かせが上手いからだろう。ねだられるまま、延々とクマや魔女や宇宙人を演じて子どもの親に笑われたりもした。

しかし子役となるとまた別だ。

スマホを耳に当てたまま昴が左右田に顔を向けた。上目遣いにじろりとこちらを見る。左右田はあわてて目を伏せた。

十数年前の真夏の記憶がフラッシュバックする。

さる子役が主演するドラマに出演したときのことだ。ロケ撮影の現場で主役の子役――確か八歳と聞いた――が弟役の子役をいじめていた。左右田が軽い気持ちで注意すると主役が大泣きした。

その泣きっぷりに怯《おび》えた弟役までもが泣き出した。二人のメイクを直し目の腫れを取るために撮影は中断。ハードスケジュールと暑さで殺気立った現場中から、左右田に冷たい視線が向けられた。

おまけに帰り際、左右田は八歳児に半笑いで言われた。

——おつかれーっす。

今思えば、彼もストレスがたまっていたのだろう。蒸し暑い上に、せっかくの夏休みを仕事で潰されたのだから。

それでも、あのときの経験が左右田に子役アレルギーを植え付けた。子役の母たちから向けられた、燃えるような怒りの目も忘れられない。

スゥちゃあん、と甘ったるい声が聞こえた。昴が母親に押し付けたスマホから漏れ聞こえたのだ。昴の母はスマホを受け取り、代わりに話し始める。

「おかあさん？　はい。ええ、今、面接待ちです。控室で」

丁寧な受け答えからして、「おかあさん」は義母、昴の祖母だろう。電話の向こうからまくし立てられているのか、昴の母は言葉少なだ。

「……はい。終わったら昴に連絡させます」

「やだよ」

昴が小さい顔をしかめる。左右田は以前、教師を演じたときのセリフを思い出した。

——七歳から九歳の子どもが反抗的になることはよくあります。

思春期に先立って訪れる、プレ反抗期というやつです。

八歳の昴はまさにプレ反抗期のど真ん中だ。

昴の母親の元で有名子役と昴が入れ替わったのは、そのことも関係があるのだろうか。

左右田が昴の母を窺っていると、昴の母は通話を終えてスマホを置き、昴に顔を向けた。

「昴、台本の読み合わせ、する？」

「まだ」

昴はオーディション用の台本らしき綴じた紙をめくっている。

昴の母は自分のバッグに手を入れた。取り出したのは小学校三年生用の算数のドリルだ。熱心に目を通し始める。

子役が仕事で学校を欠席したとき、勉強のフォローをするのは親の役目だ。撮影やオーディションへの付き添いはもちろん、子役事務所との折衝、収入の管理も担う。

左右田は改めて昴を見た。

昴が身に着けているのはシンプルなスウェットシャツとハーフパンツだ。高価なものではないが、昴の長い手足やさらりとした雰囲気を生かしたスタイルだ。

マスクも昴の小顔に絶妙にフィットするカットとサイズ、色合いだ。昴の見た目を少しでも引き立てるものを探したのだろう。

人気子役ともなれば収入は並の大人を簡単に超える。言い方は悪いが、子役という商品で会社を経営するようなものだ。そして昴の母はかなり優秀な経営者なのではないか。

昴の母がこちらに顔を向け、視線がまともにぶつかって互いに少したじろいだ。「あの」と昴の母が切り出す。

「演技テストの台本、音読させてもいいでしょうか？」

「どうぞ。ご遠慮なく」

昴の母が「大丈夫よ」と昴に声を掛ける。

左右田は昴の母が有名子役に話しかけていた姿を思い出した。

――だからトムくん、もうちょっと高く。

他の言葉は聞き取れなかったが、終始優しい語調だった。母子だと左右田が思い込んでしまうくらいに。

昴の母は有名子役に何を言っていたのだろう。あるいは遠回しに何かを聞き出そうとしていたのか。

昴の母が左右田の視線に気づいて再びこちらを向いた。

いぶかしむような眼差しを向けられ、左右田はうつむいた。すると、ややあって椅子を引く音が聞こえた。

左右田が横目を向けると、昴の母が立ち上がり、壁際に向かったところだ。ついたてに両手を掛けると、キャスターの音を鳴らしながら引き出し、ついで左右田に顔を向けた。

「セリフの練習でうるさくするので、間にこれを置きますね」

「手伝います」

「いえ、大丈夫です」

ぴしゃりと遮られ、左右田は浮かせかけた腰を下ろした。

昴の母は一瞬も迷うことなく二枚のついたてを左右のテーブルの間に置いた。続いて二つのテーブルと出入口の間に一枚のついたてを運び、T字形の壁を作り、またたく間に左右のテーブルを完璧に隔てた。

廊下を通りかかったスタッフが足を止め、昴の母に声を掛ける。

「お母さん、換気が悪くなるので、ついたてはテーブルとテーブルの間だけで」

昴の母が「すみません」と三枚目のついたてを壁に戻す。

左右田は我に返った。昴たちをじろじろ見て、昴の母がスタッフにクレームを入れたりしたらまずい。左右田も代役――演技の仕事が手に入るかどうかの瀬戸際なのだ。

いつものように待ち時間を過ごそうと、持参の新聞を開いて肩を落とした。昨日の朝刊だ。ひさびさの仕事を控えて気もそぞろだったから間違えてしまった。

読み直そうかと思ったが、コロナ関連の記事ばかりで気が滅入る。

顔でもほぐそう。左右田が声を出さずに投書欄を読み上げていると、ついたて越しに昴の声が聞こえた。

「お母さん、つぎはいつ会えるの？　ぼく、さびしいよ」

さっき別の控室で熱演していた子役と昴は真逆だ。抑揚をつけずにセリフを読み上げる。

左右田と同じ覚え方だ。さっきの子役のようにクセの強い読み方で覚えてしまうと、その読み方でしか再現できなくなるからだ。

昴は音読を続ける。

「どうして？　どうしてお母さんはぼくを置いていくの？　いやだ、ぼくはお母さんと――」

「くらしたい」

昴の母親が補足するのが聞こえた。昴は「暮」という漢字が分からなかったのだろう。「くらしたい」とおうむ返しし、そして黙った。

——ねえ、おうちに帰ってもいいでしょう？　お願い。

左右田がさっき聞いたセリフを頭の中で諳んじたとき、昴の不機嫌な声が聞こえた。

「今日のセリフ、これしかない」

「そうだね。覚えるのが楽だね」

返事は聞こえない。ついたてを透かして口を尖らせる顔が見えるようだ。左右田は思わず立ち上がった。

「待って。セリフ、もっとあるよ」

椅子を引く音が聞こえたかと思うと、昴がついたての横から顔を出した。

どうして知っているのかと言いたげに、生真面目な顔が左右田を見つめる。左右田は昴に告げた。

「さっき、他の子がセリフを練習してるのを聞いたんだ」

「でも、おれのはこれだけ」

昴が台本を左右田に差し出した。

左右田は昴に歩み寄り、台本を受け取った。表紙を入れて三枚重ねの台本はクリップで留められている。

めくると、さっき昴が口にしたセリフは二枚目の末尾だ。三枚目が白紙になっている。左右田は「この紙に」と言いかけ、昴に合わせて身を屈めて続けた。

「三枚目に次のセリフが印刷されてたんだと思う。コピーを取るときに白紙が混ざってしまったんじゃないかな」

「お母さん」

昴が後ろにいる母親に台本を見せる。

昴の母が台本に目を走らせる。一瞬、睨むように眉が寄った。

しかし、左右田に向けた昴の母の表情は落ちついていた。

「教えてくださってありがとうございます。昴、スタッフさんに確認してくるから待ってて」

昴の母は台本を手に足早に廊下に出た。オーディションを終えて歩いて来た母子を押し退ける勢いで横をすり抜けていく。

すれ違った母親が足を止め、昴の母の後ろ姿を憮然と見送る。それを見て、別の控室にいたスパルタ指導の母親を思い出した。

もしかして、昴をライバル視する誰かが台本の一部を抜き取ったのだとしたら。

昴の母親の謎めいた行動は、攻ではなく守なのかもしれない。我が子を守らなければならない何かの事情があって。

戸辺だったら麻生昴についてもっと詳しく知っているかもしれない。スマホが置いてある自分のスペースに戻ろうと左右田が踏み出したとき、「あの」と呼びかけられた。

振り返ると、昴がさっきと同じ真剣な眼差しで左右田を見ている。

左右田はとっさに口元を緩め、昴に向き直った。小学校の先生役でいこう、と決め、表情を作って優しい声を出した。

「どうしたの？」

「あの……台本の、白いところのセリフ、いっぱいありましたか？」

昴は三枚目に、どれくらいの量のセリフが記されていたか知りたいのだ。面接と演技テストの時間は刻一刻と迫っている。

左右田は昴を安心させようと微笑んだ。

「いっぱい……ではなかったと思うよ」

昴が床に視線を落とす。左右田が言葉を発する度に、昴が幼く小さくなっていくようだ。左右田は気の毒になって付け足した。

「お母さん、すぐに戻ってくるよ。オーディション、頑張ってね」

「はい。ありがとうございます」

ぺこりと頭を下げた昴の小さな後ろ姿がついたての向こうに消えていく。椅子を引く音、座る音が続く。

控室がしんと静まり返った。開け放した出入口の向こう、廊下の先から声が聞こえる。

「――くん、お待たせしました。面接の準備はいいですか？　お願いします」

「はーい」

スタッフに連れられた子役がオーディション会場に向かうのが、足音で分かる。

ついたての向こうで、小さく椅子がきしむ音がした。

左右田は思い切って席を立った。

隣のスペースに行くと、椅子の上で膝を抱えていた昴が顔を上げた。

左右田は充分に距離――ソーシャルディスタンス――を置いて昴と向かい合った。抜けてたセリフだけど、と前置きしたあと、喉に力を入れて精一杯子どもらしい声を出した。

「ねえ、おうちに帰ってもいいでしょう？　お願い」

昴が目を丸くする。構わず続ける。

「おじさんもおばさんも優しくしてくれるけど、ぼくはお母さんと一緒にいたい。どんな目に遭ってもいいよ。ぼくの、お母さんは、お母さんだけだよ。お願い、本当のことを教えて。待って、置いていかないで。お母さん……！」

昴は左右田を凝視している。急に照れくさくなり、左右田は視線を逸らした。

「僕が聞いたセリフは、これで全部」

「すごい！」

昴が椅子から弾けるように立ち上がり、ヒーローを見るように目を輝かせた。

「すごーい！　覚えてるんだ!?」

子どものセリフだからシンプルだし、医師役や弁護士役のときの説明ゼリフに比べたら鼻歌レベルだ。しかし、昴は尊敬の眼差しで左右田を見つめている。

「ちょっと聞いただけで覚えられちゃうんだ、すごい」

「長くやってるだけだよ」

「あの、お名前、訊いてもいいですか？」

おじさん、という呼び方をしないのは、母親と子役事務所に厳しくしつけられているからだろう。左右田始、と名乗り、そして「そうだ！」と親指を立ててみせた。

「そうだ！　はじめ、って覚えて」

「そうだ！　はじめ」

真似して小さな親指を立てた昴が、くくっと笑い出す。左右田もつられて笑いながら説明した。

「本名は甲田《こうだ》っていうんだ。戸辺慎也《しんや》、っていう名前の友達がいてね。その人がつけてくれた芸名が左右田」

兵士のように声を張り、二人の決めポーズだったサムズアップと飛ぶポーズをつける。

「そうだ、始！　飛べ、慎也！」

昴がますます笑い転げる。つんとすました妖精から一転、あどけなく可愛くなり、こちらまで笑顔にさせる。昴が人気急上昇中だという理由が左右田にもよく分かった。


「左右田さんは、ずっと役者なんですか？」

好奇心で輝く目が答えを迫る。俳優ではなく役者、という言い方にこだわりを感じる。

十九歳で戸辺と劇団を立ち上げたこと、二十二歳で初めてテレビドラマの端役を貰ったことなどを左右田が話すと、昴は頭に刻み込むようにうなずきながら聞き、そして問いかけた。

「オーディションで負けないためには、どうしたらいいですか？」

「オーディションは勝負じゃないよ。パズル」

「パズル？」

「そう。スタッフさんたちはパズルの絵を完成させるために、オーディションでぴったりはまる役者を探す。だから選ばれないのは劣っているからじゃない。自分は別のパズルのピースだったってだけ」

戸辺の受け売りだ。戸辺の事務所の社長、芸能界の長がそう言っていたと、ずいぶん前に戸辺から聞いた。

昴は真面目な顔でうなずき、すぐに次の質問を投げかける。

「ずっと役者でいるには、どうしたらいいですか？」

左右田が考え込むと、昴は答えを待ちきれないのか次の質問を放つ。

「日焼け止め、塗ってますか？」

「塗ってるよ」

日焼け止めを塗るのは歯磨きと同じ日課だ。日焼けはメイクで装えるが逆はできない。シミも防ぎたい。

「おれも！」

昴がポケットから日焼け止めのボトルを出して見せた。

ボトルの赤いフタと表面にべたべたとアニメのシールが貼り付けられ、覆いきれない部分が黒いマーカーで塗り潰してある。ボトルを少し傾けると、ひよことチューリップと太陽のマークが透けて見える。

「へえ、かっこよくしてるんだね」

左右田が褒めると、昴は胸を張った。

「おばあちゃんが赤ちゃん用を買ってきたから。でもこれ、よく塗るのを忘れちゃってお母さんに怒られるんだ。役者ってニッショウケンないよね」

「日照権？　難しい言葉を知ってるんだね」

「お母さんがよく言ってた。お母さん、こういうのしてたから」

昴が「にーん」と口で擬音を立てながら、掃除機を掛けるような動作をしてみせる。左右田が何なのか分からずにいると付け加える。

「家や建物を見る仕事。なんとかし」

さっき昴の母がついたてで二つのテーブルを瞬時に、そして完璧に隔てた手際の良さを思い出した。昴のマネージメントぶりから見ても、きっと有能なキャリアウーマンだったのだろう。もしかしたら、昴の母は今日も辣腕《らつわん》を振るおうとしていたのかもしれない。我が子のライバル、有名子役に近づいて。

左右田はヒントを得ようと昴に尋ねた。

「昴くんはいつも、お母さんとオーディションに来るの？」

「うん。お父さんは忙しいから。今日はお母さんが道に迷って遅刻しちゃった」

昴の声が尖る。左右田は慎重に切り出した。

「ね、昴くん。知ってるかな？　子役さんのトムくん。苗字、何て言ったっけ、ほら、あの、この間の連ドラに出てた――」

「お待たせ」

昴の母が慌ただしい足音とともに戻ってきた。持ってきた新しい台本を昴に渡し、それを左右田に手で示した。

「仰ったように三枚目が抜けてました」

「すごい、左右田さんが教えてくれたとおりのセリフだ！　お母さん、左右田さん、すごいんだよ。セリフ、全部覚えてて教えてくれた。一回聞いただけで覚えたんだって」

昴が我がことのように自慢し、昴の母が驚いたように左右田を見つめる。昴が台本を手に左右田に向いた。

「左右田さん、読み合わせもお願いします」

「お母さん、いいですか？」

「ご迷惑でなければ」

昴の母が左右田に小さく頭を下げた。

左右田は昴と右側に、昴の母は左側に、ついたてを挟んで分かれた。

台本に目を通すと七歳の息子とその母親のシーンだ。左右田は二つの椅子の距離を空け、昴に台本を渡して座った。

昴が最初のセリフを言い、左右田に台本を押しやる。左右田は高めの声で母親のセリフを読み上げた。

「許して、今は言えないの」

母親になりきった左右田のセリフに、昴が顔を歪めた。込み上げる笑いを嚙み殺してセリフを読む。

「いやだ、ぼくはお母さんと暮らしたい」

多少ぎこちないが、本人の儚げな雰囲気と相まって胸に迫るリアリティがある。監督に演技をつけられたら化けるだろう。

昴がページをめくって続ける。

「ねえ、おうちに——えーと、これ、何て読むの？」

「これ？『あっても』」

昴が持参のシャープペンシルで台本に『あ』とルビを振る。小学校三年生では、まだ『遭』という漢字は習っていないだろう。

一通り読み終えると、昴がセリフを完璧に暗記すると言って台本を引き寄せ、ぶつぶつと唱え始めた。子猫が鳴くような声を聞きながら、左右田はさりげなく立ち上がった。

腕を伸ばし、体をほぐす振りをしながら、ついたての向こうを窺った。耳を澄ましても物音はしない。

ついで左右田はカニ歩きで出入口方面に進み、足音を忍ばせてついたてと出入口の間に立った。そして左側のテーブルを見た。

昴の母はこちらに背を向け、テーブルに両手を乗せている。

右肘が細かく動いている。ごくかすかに紙が擦れる音がする。どうやら昴の母は紙に何かを塗っているようだ。

左右田が息を殺して見守っていると、昴の母の右手が止まった。ペンを置く音に続いて、手元を何やらもぞもぞと動かしている。やがて成果を確かめるように両手を伸ばした。

何だろう、と左右田は目を凝らした。そして——口を押さえた。

どうにか笑いを噛み殺し、改めて昴の母が掲げたものを見つめる。

奥の会議用テーブルに乗せられていたショッキングピンクの子犬の縫いぐるみだ。愛嬌たっぷりの顔には、黒々と立派な眉が付けられていた。


「ほら、あれ、眉毛が付いた犬。一時期、流行らなかったっけ？　あんな感じ」

「眉毛犬かよ。何だそれ」

スマホの向こうで戸辺が笑った。夕暮れを迎えて辺りが薄暗くなったせいか、呆れたような戸辺の顔がたやすく左右田の脳裏に浮かぶ。

一時間半ほど待ったあと、プロデューサーとチーフ監督との面談は無事に終わった。面談の結果はまだ分からないが、戸辺に礼を兼ねて報告の電話を入れたところだ。

子役の麻生昴と待ち時間を一緒に過ごした、と告げると戸辺が食いついた。人気急上昇中の昴をスカウトする隙を狙っているらしい。その流れで今日の顚末を話している。

戸辺が「眉毛犬か」と愉快そうに繰り返す。

「あれだ、映《ば》え。昴ママ、眉毛犬の写真を撮ってＳＮＳにでも載っけるつもりだったんじゃね？」

「その前に。僕が、その眉毛犬を一目見ただけで笑っちゃったのは何でだと思う？」

「何で、って可笑しかったからだろ？」

「僕らの年代の男がキャラクターを見て、そこまで反応することってそう無くない？　心に刺さらない、というか」

　通り過ぎる交番の軒先でも、道路を走るバスの車体でも、キャラクターが愛嬌を振りまいている。それらも桜の代紋や社名ロゴと同じく景色の一部でしかない。

　戸辺も「そうだなあ」と唸る。

「子どもが小《ち》っこいころは、好きなキャラクターを覚えたりしたけど、今、人気のキャラって言われても、ぱっと出てこねえや」

「僕なんて子どもがいないからなおさらだよ。それなのに、一目見ただけで噴き出した。その理由は――」

「分かった！　ゴルゴだろ。プロデューサーの。あの眉毛」

「そう。今日なんてマスクをしてたから余計に眉毛が目立って。あの眉毛犬を見た瞬間、彼の顔がダブったよ。あのあとすぐにゴルゴさんと会ったら、確実に笑っちゃってたと思う」

「待てよ。もしかして、昴ママは誰かを笑わせるために、ゴルゴに似た眉毛犬を作ったってか？」

「そう。何者かが、昴くんに渡されたオーディション用台本のページを抜き取った。だから昴くんのお母さんは眉毛犬、笑わせ爆弾を作ってやり返そうとしたんじゃないかって思って」

　ターゲットが通りそうな場所に置いておくだけでいい。あの縫いぐるみは制作会社が手がける番組のキャラクターだ。社内のそこら中に置かれている。

「で、僕は昴くんたちとは別の控室に移った。笑わせ爆弾のターゲットは誰なのか。子役か、その母親か、スタッフか。確かめようと思って。昴くんの目の前で彼の母親を追いかけるわけにもいかないからね」

スタッフに頼むと、幸いすぐに別室を用意してくれた。昴を励まし、昴の母に挨拶をして控室を出た。

オーディション会場は廊下の突き当たりで、そこまで一直線に控室が並んでいる。そして全室ドアは開けっぱなしにされている。ドアのすぐそばに陣取って廊下を見渡していれば出入りが分かるはずだ。

左右田がそこまで話すと戸辺が苦笑した。

「なあ、子ども入れ替わりの謎が気になったのは分かるけどよ、そこまでやるか？　ひょっとして昴ママ、始のタイプか？」

「待ち時間が長くて暇だったんだよ」

戸辺に合わせて笑っておいた。

移動した先の控室で、出入口の横に椅子を運びながら思ったのは妻のことだった。

左右田の妻は小さな広告代理店に勤めているが、コロナ禍で今はリモートワークだ。狭いマンションの寝室を仕事場にして働いている。

共に暮らす古マンションで、床をモップで拭きながら寝室の前に差しかかったとき。昼食ができたと寝室のドアをノックしようとしたとき。中からぼそぼそと遠慮がちな声が聞こえる。

リモートワーク中の妻がオンラインで打ち合わせや会議に参加しているのだ。左右田は何度も妻に言った。

——仕事でしょ？　遠慮しないで、普通に喋って。

——うん。

それでも妻は声量を上げない。

妻と仕事で関わることは今のところない。聞かれて困る話などないはずだ。それなのに、頑《かたく》なに左右田に聞かれまいとする。仕事が無い左右田に気を遣っているとしか思えない。

ステイホームの日々を重ねるごとに左右田のいら立ちは募った。体型管理のため、と頻繁にウォーキングに出かけ、甲州街道沿いをへとへとになるまで往復することで何とか持ちこたえてきたのだ。

昴の母は妻より一回り以上は年下だろう。それでも一心に紙を塗り潰している姿を見たときに妻の姿が重なった。理由は異なるかもしれないが、今の妻と同じ頑なな何かが伝わってきた。

その源が何なのか、左右田は知りたかった。

＊

しかし、左右田が廊下を見張り始めてしばらく経っても、昴の母は控室から出てこなかった。

オーディションは時間が掛かっても順調に進んでいるようだ。スタッフは面接を受ける子役を次々とオーディション会場に連れて行く。

母親は面接を済ませた子役とエレベーターホールに行く。解放されてはしゃぐ子役を、付き添いの母親が叱るのが聞こえる。

「静かに。マネージャーさんに言われたでしょう？　スタッフさんは面接以外のときのお行儀も見てるんだよ、って」

子役の場合はとくに、行儀の良さを重視される。撮影がスムーズに進むかどうかが懸かっているからだ。

昴の母が笑わせ爆弾のターゲットにしたのは子役だろうか。

我が子のライバルとの密談、消えた台本のページ、そして笑わせ爆弾。左右田が順を追って振り返ったとき、不意に頭の中に、三桁のダイヤルロックが浮かんだ。そして三つのダイヤルが、かちり、かちり、かちりと音を立ててはまっていく。

まさか。

左右田は椅子を蹴って立ち上がった。

廊下に飛び出し、さっきまでいた控室に駆け込んだ。誰もいない。ついたての壁もない。違う部屋だ。

どの部屋もドアを開け放している。「控室1」「リハーサル室1」などの部屋名を記したドアプレートが見えない。仕方なく片っ端から部屋を覗いていく。

やっとさっきいたリハーサル室を見つけた。ここだ、と左右田が足を踏み入れたとき、昴のけたたましい笑い声が響いた。

左右田がいた右側のスペースに昴がいる。こちらに背を向け、体を揺すって笑っている。

昴の母が左側から「どうしたの」と出てきた。出入口に立っている左右田を見て足を止める。

昴も左右田に気づき、笑いを止められないまま左右田に奥を指差した。

「あれ、左右田さんがやったの？」

右側の最奥、ついたての横に、例の眉毛犬が置かれている。

「お母さんが落としたペンが、ついたての下からこっちに転がってっちゃって、取りに行ったら――」

まだ笑いが収まらない昴が、くくっと喉を鳴らす。そのとき廊下からスタッフが入ってきた。

「麻生昴くん、面接お願いします。準備はいいかな？」

「はい」

昴がしゃきっと真顔になり、左側のスペースに駆け戻った。フェイスガードをつけ、台本を摑み、スタッフに連れられて出ていく。

間に合わなかった。昴を守れなかった。笑わせ爆弾から。

昴の母に顔を向けると、黙って左側のスペースに戻っていく。

左右田は右側のスペースに向かった。

眉毛犬を抱き上げ、片方の眉を剝がした。甘い香りがする透明な液体で貼り付けられている。

振り返ると昴の母が足を止め、左右田を見ている。左右田は昴の母に問いかけた。

「失礼ですが、お母さんと昴くんは今日、遅刻されましたよね。昴くんから聞きました」

「ええ、そうですけど……それが何か？」

「オーディションに落ちる三大要因、三つのタブーはお母さんもご存知ですよね。子役事務所が必ず教えることです。一つ目のタブーは遅刻。オーディションに遅刻する子は撮影にも遅刻すると思われる」

昴の母は何も言わない。左右田は続けた。

「二つ目のタブーは実力不足。お母さんは昴くんのライバルであるトムくん、有名な子役さんに話しかけていましたね」

「あれは、トムくんと昴は事務所が同じで、顔見知りだから挨拶を――」

「『もうちょっと高く』と教えているのが聞こえました。彼は十歳、役の設定は七歳だから少し年上だ。声を高めに出した方が、幼さが増して役に近づく。彼が昴くんに勝ってくれるようにと考えてのことでは？」

「穿《うが》った見方をし過ぎですよ」

「そうでしょうか。お母さんは昴くんの台本に細工までした。三枚目を白紙とすり替えた。昴くんが欠けたページのセリフを覚えられないまま面接に挑むように」

「いい加減にしてください」

昴の母が左側のスペースに戻ろうとする。左右田は昴の母に向けて眉毛犬をかざした。

「三つ目のタブーは、行儀の悪さ」

「その縫いぐるみにいたずらしたのは私じゃ――」

「あいにくですが、僕はお母さんが眉毛を付けるところを見ていました。貼り付けるのに使ったのは、香りからして化粧品の何かでしょう。そして、僕が別の控室に移動したあと、隙を見て僕がいた右側のスペースに縫いぐるみを押し込んだ。ついたての隙間から」

セリフの暗記に没頭していた昴は気づかなかっただろう。昴の母は頃合いを見て、昴があちら側を見に行くように仕向けた。

昴は笑い上戸、笑いがなかなか止められないタイプだ。左右田の苗字を聞いただけで笑いが止まらなくなったくらい。

「昴くんが面接の会場に入って挨拶をしたときに、目の前にこの眉毛犬とそっくりのプロデューサーがいたら、笑ってしまう可能性が大きい。それが三つ目のＮＧ、失礼です」

今ごろ昴はプロデューサーや監督の前でどうしているだろうか。

昴の母は宙を睨みつけて黙っている。やがて、左右田を見ないまま苦笑いを浮かべた。

「分かりました。確かに、縫いぐるみに眉毛を付けたのは私です。でも、プロデューサーさんと似せようなんて思ったわけじゃないです。昴は意外と本番で緊張するタイプだから、リラックスさせ――」

左右田がホワイトボードに歩み寄るのを見て、昴の母が口をつぐんだ。左右田はマーカーを手に取り、ホワイトボードに書いた。

――遭っても
「これ、何て読みますか？」

「あっても。それが何か」

「台本に書かれていたセリフの中にあった言葉です。抜けていた後半のページにね。小学校三年生では、まだ教わっていない漢字だと一目で分かるはずだ」

子役の付き添いはオーディション用の台本を渡されると、まずセリフの漢字をチェックする。我が子が読めない漢字はないか、と。

「でもあなたは、それをしなかった。前半の『暮らしたい』も後半の『遭っても』もチェックしていなかった。台本のページを抜き取ることで頭が一杯だったから」

昴の母が絶句した。瞼《まぶた》が瞬きを繰り返している。左右田はそっと語りかけた。

「親御さんには親御さんの考えがあることは承知しています。ただ、昴くんと同じ役者として、見過ごすことができませんでした。役者が立っているのは坂道だ。今いる場所に留まるだけでも、必死に足を踏ん張ってるんです」

――セリフ、いっぱいありましたか？

台本のページが抜けていると知ったときの、不安げな昴の表情が忘れられない。

やがて、昴の母が小さく息をついた。そして沈んだ声で話し始めた。

「昴は去年、遠足も芋煮会も、地域のお祭りも行けなくて。それでもけろっとしていて……。撮影でお友達と会えなくても寂しがる様子もなくて。このままだと、どんどん子どもの世界から遠ざかっていきそうで……」

昴の母は、昴の仕事を夏休みと冬休みだけに絞ろうと考えた。しかし、そうはいかなかった。

「ばあば……近所に住んでる夫の両親が大反対して。母親なら子どもの夢を応援しなさい、って。……自慢の孫だから」

昴の祖母がオーディション中に電話を掛けてきたのを思い出した。

義父母に逆らえず、昴の母は昴に仕事を続けさせた。そしてコロナ禍に見舞われた。撮影もオーディションもすべて中止になった。

「ほっとしました。昴は仕事が止まって寂しそうでしたけど、それってワーカホリックですよね。可哀想だけど、普通の子の感覚を取り戻す、いいチャンスだと思いました。それなのに、このオーディションを受けることになってしまって」

　昴の母が視線を上げ、左右田を見た。

「もう少し、昴のステイホームを続けさせてほしかったんです。そうしたら、あの子は他に熱中できる何かを見つけられます。お友達とお喋りしたり、遊んだり――」

「世界って好きなことから拡がるんじゃないでしょうか。昴くんはどこにいても、どんどん自分の世界を拡げていけそうな子だと思いました。好奇心旺盛だから」

「どうしてそんなこと」

「僕みたいなおじさんを質問攻めにするくらいですから」

　言葉に詰まった昴の母が、素早く態勢を立て直した。

「いえ、子どものうちは、子どもの世界を思い切り満喫してほしいんです。子ども時代は一瞬です。すぐに過ぎてしまう貴重な時期なんです」

　昴の母がきっぱりと言い切る。似た姿を以前に見たような気がした。

　左右田がスピーチの指導をしている生徒だ。

　生徒たちがするように、昴の母は今のフレーズをあらかじめ用意していたのではないか。念入りに言葉を選び、心の中で何度も復唱して。だからすらすらと自信たっぷりに言い切れる。

　そして昴の母が説き伏せようとしているのは、もしかしたら彼女自身なのかもしれない。

　無意識のうちに眉が寄っていたらしい。昴の母が左右田の顔を見つめた。

「もしかして、左右田さんは覚えてたんですか？　私たちのこと」

「はい？」

「だからそんなに昴のこと、親身になって――」

「失礼ですが、以前、お会いしたことが？」

「左右田さん、幡《はた》ヶ谷《や》にお住まいで猫を飼ってますよね？　役者を目指したのは高校生のとき、学校の課外授業でニール・サイモンの『おかしな二人』の舞台を見て」

左右田が記憶を探っていると昴の母が付け加える。

「二年前、新宿のビルでドラマのロケがあったとき、待ち時間に――」

昴の母が左右田を見て口を歪めた。

「やっぱり覚えてないか。お母さん、なんて」

左右田は控室で挨拶したとき、昴の母にじっと見つめられたことを思い出した。まるで記憶にない。『おかしな二人』の話をしたくらいだから、ある程度の時間は話しているはずなのに。

子どもの成長は早いし、端役専門の左右田は現場を数こなしている。それに撮影現場では、子役でも役名で呼ばれることが多い。付き添う母親は「お母さん」だ。

――お母さん、なんて。

背負っているものの重さを示すように、昴の母が目を物憂げに伏せる。そのとき、遠くで小さく昴の声が聞こえた。

昴の母が廊下に出る。左右田も追うと、廊下の先で昴がスタッフと別れ、控室へとすたすたと歩いてくるのが見えた。

近づくにつれて見えてきた顔は無表情だ。フェイスガード越しに小さな前歯が唇を嚙み締めているのが見える。

「昴？」

母親に声を掛けられても無言で、昴は控室の中ほどまで進んだ。そして、へなへなと床に崩れ落ちた。

「あああ！　緊張したあ！」

張り詰めていた気持ちを緩めるように、昴がじたばたと暴れる。左右田は昴のそばに行ってしゃがんだ。

「昴くん、どうだった？　オーディションは」

「やばかった」

昴が左右田の腕に抱かれた――抱えたままだった――眉毛犬を示して笑い出した。身をよじって笑い転げる。

「プロデューサーさんがね、眉毛、その犬とそっくりで」

「笑っちゃった？」

左右田が恐る恐る尋ねると、昴が「ううん」と首を振った。馬鹿にするな、と言いたげな眼差しが左右田に向く。

「オーディション、次、いつあるかわかんないもん。絶対、絶対受かりたいもん。だからがんばった」

昴が誇らしげに母親を見上げた。

左右田も昴の母を見た。

昴の母は息子の視線を受けて、何度か小さくうなずいた。そして昴の前にしゃがみ、視線を合わせた。

「昴、ごめんね」

昴の母が昴の頬を撫でる。昴が「やだ」と、ころりと横に一回転して逃れた。

「お母さん、おばあちゃんみたい」

「そう？　あ、おばあちゃんに電話しないと。終わったって」

昴の母が昴についたての向こうを指差して見せる。昴は無視して立ち上がり、左右田にぺこりと頭を下げた。

「読み合わせ、ありがとうございました」

「昴くん、おばあちゃんを撮影現場に連れて行ってあげたら？」

「おばあちゃんを？」

「そう。付き添い役で」

オーディション中に電話を掛け、メッセージを寄越す。昴の祖母はきっと昴の芸能活動に自分も関わりたい。参加している気分だけでも味わいたいのだ。

昴の母が立ち上がりながら、左右田に聞こえよがしに言う。

「昴は、おばあちゃんと行くのは嫌なのよね」

「嫌だよ。おばあちゃん、べたべたしてくるんだもん。大きい声で『お手々を洗って』とか『キレイキレイにしましょう』とか言うしさあ」

昴は祖母の甘ったるい口調を見事に再現してみせる。シールと黒塗りで覆われた、赤ちゃん用日焼け止めのボトルを思い出した。

優れた子役は人一倍、見られることを意識する。昴もきっとそうだろう。

左右田は昴に向けて左手をかざした。

「見てて」

左手の親指を立て、上から右手を被せて素早く引き、大げさに顔をしかめた。「うわ」と昴が目を丸くする。左右田の迫真の演技で親指が飛んだように見えたのだろう。だが、すぐに笑った。

「なんだ、演技か」

「そう、演技。見せたいものを見せるのが演技。大人に見られたかったら、大人らしいところを見せること」

左右田は身を屈め、フェイスガード越しに見上げる昴と視線を合わせた。

「昴くんが今日みたいに真剣に仕事してる姿を見れば、おばあちゃんだってきっと、昴くんのことを大人だなーって見直す。赤ちゃん扱いをしなくなると思うよ」

昴が真顔になった。重ねて告げる。

「台本は同じでも役は演じる人次第。難しい役だとしても逃げたらそこまで。チャレンジしてみなきゃ。知恵と勇気で」

黙って聞いている昴に畳み掛ける。

「さっき、ずっと役者でいるにはどうしたらいいか、って訊いたよね？　これが答え。頑張って、大人の俳優になって。そして僕を相手役に指名して」

左右田が微笑むと昴が顔を上げた。祖母のことはまだ納得しきれていないようだが、左右田に向かってこくりとうなずく。

視線を感じて左右田は顔を横に向けた。昴の母の驚いたような瞳が左右田を見つめていた。

*

電話の向こうで戸辺が唸る。

「はー、昴ママの代わりに、おばあちゃんが付き添いを、ってことか。まあ、昴ママも負担が減っていいよな。うちの事務所に来ればもっと楽になるように何か――」

「昴くんのお母さんの負担は付き添いだけじゃなかったと思う」

「ああ、我が子が心配だったんだろ?」

「いや、彼女自身のこと」

――覚えてないか。お母さん、なんて。

昴の母の言葉に滲《にじ》んだいら立ちに気づいた。昴との会話を思い返したときにひらめいた。

「昴くんのお母さんは家や建物を見る仕事をしていた。昴くんに向けて『日照権』という用語を口にした。昴くんが掃除機を押すような仕草をしてみせたのは、ウォーキングメジャーのことだと思う」

ウォーキングメジャーは建物や土地の幅を測る道具のことだ。そして昴が母親の仕事を「なんとかし」と言っていた。

「想像だけど昴くんのお母さん、不動産鑑定士なんじゃないかな」

左右田は一度、不動産鑑定士を演じたことがある。そのときに得た知識で察したのだ。

戸辺も「ああ」と声を上げた。

「親戚にいるよ、不動産鑑定士。資格を取ったときに親が親戚中に自慢してたな。試験が超難関なんだよ。そのころの最終合格率が確か三パーセント」

「そう。きっと彼女は頑張って頑張って不動産鑑定士の資格を取って、それなのに、ようやく手にした仕事を続けられなくなったのかもしれない。子役になった昴くんの付き添いが忙しくなって」

家事に加えて昴のマネージャー業に時間をすべて取られた。プレ反抗期の昴からは邪険にされ、現場では「お母さん」という属性でしか見てもらえない。

「なるほどな。昴ママも辛かったと」

戸辺が声のトーンを下げた。

「そういや子役の付き添い役を務める親って、ほぼ母親だよな。令和になっても。決まりでもないのに」

「昴くんのお母さんが悶々《もんもん》とするのも分かるよ。『何で私の役目なの』って」

コロナ禍ですべてが止まり、ぽかりと時間が空いたときに、昴の母は心の底で淀んでいた思いと向き合ったのではないか。やっとの思いで手にした不動産鑑定士という役を、このまま手放したくない、と。

シェイクスピアは言っている。

――この世は舞台、人はみな役者。

左右田も人生という舞台で「役者」という役を失うまいとしている。

そして妻は人生の共演者として、左右田を支えようとしている。

だから何度言っても妻はリモートワーク中に声量を落とすのだ。左右田が「コロナ禍の役者」という難役に挑んでいるときだから、心に波風を立てまいと。

生ぬるい微風が頬を撫で、昴との別れ際を思い出した。勢いよく交わしたエアハイタッチで、昴の手が起こした小さな風を。

――握手はダメだね、コロナだから。

――いつか撮影現場でまた会ったときにね。

その隣で昴の母は、ありがとうございます、と左右田に深々と頭を下げた。そして小さく付け足した。

――知恵と勇気。

上げた顔の下瞼とマスクで隠れた頬が、かすかに上がった。昴の母が今日初めて見せた微笑みだ。

いや、前にも見たことがある。

季節は冬、空気が乾き切ったビルのロビーの片隅にいた。ロケ撮影の出番を待っていた。空咳をしていた左右田に隣から「どうぞ」とのど飴が差し出された。

あのとき見た、少し照れたように笑った瞳が今、目の前にあった。

2021年8月　きっかけ

——人の怒りは例えれば水。

　髪一筋のヒビからも滲み出る。

　通路で足を止めた目黒哲生《めぐろてつお》は演劇舞台『もつれ』のセリフを思い出した。

　劇場三階の廊下から入った短い通路は、右側は男子と女子のトイレ入口、突き当たりは給湯室だ。左側の壁には大きな掲示板があり、その中央に『もつれ』のＢ２ポスターがマグネットで貼られている。

　ポスターの中央に君臨しているのは主役のキング。中世ヨーロッパの城を背景に佇み、胸には宝石を連ねた豪奢なネックレス。そして両目は赤と青、両の鼻の穴は黄と緑だ。

　掲示板の端につけられた余分なマグネットを、誰かがキングの両目両鼻に付けたのだ。

　キングを囲む準主役の一人、ナイトの両目両鼻にもときどき付いている。劇場内にある稽古場で稽古が始まって三日目辺りからだ。そして三週間目の今日まで、外しても外しても誰かがまた懲りずに付ける。

キングのセリフの続きが頭に浮かぶ。

――そして怒りはいつか器を割る。

余分なマグネットを隠してしまおうか――『もつれ』の制作担当者である目黒は、何度目かそう考えた。だが結局今日も止めた。これはささやかなガス抜きなのだ。

用を足し終えて目黒は廊下に出た。しんと静まり返った廊下の片側に、細く開いたドアが七つ並んでいる。最奥は衣装室。そこから六つの楽屋が並んでいるのだ。

反対側は壁――その向こうは一階から三階まで吹き抜けとなった劇場になっている。

ここは日本有数の芸術劇場だ。一週間後に迫った本番を前に、これから『もつれ』のカンパニーは稽古場で衣装チェックを行う。

六つの楽屋ではメインキャスト四人――キング、クイーン、ナイト、プリンセス――と脇役の俳優たちが開始を待っている。

楽屋2のドアからクイーンが顔を出した。綿菓子のようなウィッグの下で、派手なメイクを施した両目が目黒を睨む。

「ねえ、衣装パレードまだ始まらないの？　開始時間を十五分も過ぎてるんだけど」

「すみません、もう少々」

衣装パレードとは、全キャストが完成した衣装を身につけて登場シーン毎に並ぶことだ。演出スタッフがそれを見て、衣装の色や形、キャスト同士が並んだときのバランス、目立ち具合を調整する。

まさに今、目黒はそのことで廊下の奥に向かっている。

楽屋1に着いてノックをすると、キングに付けているスタッフが目黒を迎え入れた。四畳ほどの前室に入る。モニターとソファーセットの向こうにある引き戸越しに、足踏みの音や布が擦れ合う音が聞こえる。キングは着替えを始めているようだ。

目黒は「失礼します」と奥の部屋へ呼びかけた。

「キング、何かお困りのことはないですか？」

ややあって「ああ」とぶっきらぼうな返事が聞こえた。

衣装に問題がないのであれば、襟の立て具合だかシャツの覗かせ具合だかにこだわっているのだろう。稽古のときに、自分や共演者の立ち姿や仕草に細かくこだわるように。でなければ衣装を着るだけでこんなに手間取るわけがない。キングは四十代半ばのベテランで、早着替えなど何百回とこなしてきたのだ。

「キング、あと五分くらいでお支度お済みになれそうですか？」

「いや、ちょっと……もうちょっと……待って」

息切れを誤魔化すように、はあ、と息をつくのが聞こえた。

なぜ息を切らせているのだろう。

スタッフに耳打ちしようと近づいたら飛び退かれた。そうだ、ソーシャルディスタンスを守らなければ。

目黒はスマホを出し、素早く文字を打ってスタッフに差し出して見せた。

――キングの息切れ　ずっと？

スタッフがうなずく。心臓がせり上がった。

目黒が担う商業演劇の制作という仕事は、まさに何でも屋だ。企画、キャスティング、稽古から本番までのスケジューリングに食事の手配まで、演技と演出以外のすべてを担う。学生演劇から制作の道に入って七年、三十路の今まで一通りのトラブルは経験した。だが今の不安に比べたらそれらは足元にも及ばない。

目黒は腹に力を入れ、引き戸の向こうに「キング」と呼びかけた。

「もしかして、キングは、体調がよろしくないのでは？」

「違う」

「ですが、息切れをしていらっしゃいますよね……？」

荒い息づかいがぴたりと止まった。しかし、すぐに小さな咳が続く。背筋が寒くなった。

二〇二一年八月半ばの今、日本を凍り付かせたコロナウィルスの勢いはまだ収まらない。エンターテインメント業界では毎日のように、コロナ感染による公演中止、公演延期のニュースを耳にする。

舞台『もつれ』の幕開けは一週間後に迫っている。もしもキングがコロナに感染していたら公演は吹っ飛んでしまう。

落ちつけ、と目黒は息を吸い、引き戸に向けて声を張った。

「緑河《みどりかわ》さん、聞いてください」

カンパニーは普段役名で呼び合っている。キングの本名を口にしたのは、こちらが本気だと示すためだ。

「体調不良でいらっしゃるなら、速やかに病院でＰＣＲ検査を受けていただく決まりです」

「すぐに緑河さんの所属事務所と施設の管理者に連絡を入れます」

「いや、待て」

「ちょっと待てって」

「これぱかりは待てません」

小さく息をつく音が聞こえた。

続いて少し遠ざかった声が「入れ」と告げた。目黒は「失礼します」と引き戸を開いた。

三畳の着替え室は、左側に窓、右側にトイレと洗面所に続くドアがある。奥には着替え台と数着の衣装を掛けたハンガーラック、化粧台。着替え台のカーテンレールには長いビロードのマントが掛かっている。

その隣でキングが謁見を待っていた。

「キング？」

孤高の王はあらぬ方を見ている。シャープでいかつい面持ちは、いつもと変わりない。

キングが着ているのは公演のポスターに写っているのと同じ衣装だ。光沢のあるゴブラン織りの生地を金銀で飾り立てたロングジャケットと、同生地の膝下丈ボトム、白いタイツ。ネックレスはまだ着けていない。

ジャケットのボタンはすべて外され前が開いている。その下に着た白いシルク——に見せかけたポリエステルのドレスシャツが、ウェストインされずにひらひらとキングの腰回りを覆っている。

キングが黙ったままシャツの裾を持ち上げる。現れたものを見て目黒は言葉を失った。

ボトムのウェストボタンが外れている。そこからアンダーシャツをまとった腹肉がぽこりと突き出していた。

キングがそっぽを向いたままつぶやく。

「閉まらないんだよ。ジャケットもその下も、腹が」

キングの顔もタイツを穿いた膝下も、これまで三週間の稽古で見てきたまま引き締まっている。それなのに、ボトムのウェストは今にもはち切れそうだ。まるで腹だけに粘土を丸めてくっつけたように見える。

決まり悪いのか、キングが声を荒らげる。

「気が付かなかったんだよ。しょうがないだろう。ステイホームで家と稽古場の往復しかしてないし、そうなるとゴムウェストのものしか着ないんだから」

「はあ……」

目黒が無意識にマスクの下で息をつくと、キングが片足を踏み鳴らした。

「そんな露骨にムッとしなくてもいいだろう。好きでこうなったわけじゃないよ」

キングが着替え台に上がってぴしゃりとカーテンを閉め切る。目黒はあわてて「違います！」とカーテンの向こうに訴えた。


あれは安堵の溜息だ。

キングがコロナでなくてよかった。衣装のサイズアウトなら直せば済む。そんなことは何度も経験がある。

目黒はさっそくキングの楽屋の隣――衣装室にキングの衣装を運んだ。

衣装室のドアも楽屋と同じく換気のために細く開けられている。中で試着をすることになったときのために、衣装室のドア前にはついたてが置かれている。

ドア以外の壁はすべて、運搬用の空のラックや修正用のミシン、裁縫道具や素材を置いた棚で埋め尽くされている。会議用のテーブルやトルソーには衣装パレードまで保管しておく舞台用のアクセサリーが並んでいる。

中央の作業台で衣装担当者がキングの衣装三着を広げる。目黒はスマホの時計を見た。すでに衣装パレードの開始予定時刻から二十分が過ぎている。衣装を睨んでいる衣装担当者に目黒は声を掛けた。

「すいません、応急処置でいいから早く――」

「一時間はかかります」

衣装担当者がアシスタントに指示を出し、一着の衣装を取ってリッパーで縫い目を解き始める。目黒は食い下がった。

「あの、応急処置だけでいいんです、衣装パレードの間だけしのげれば。とにかく早く――」

「衣装の生地が厚い上に総柄ですよ？　上手く直さないと、布を後から継ぎ足してサイズ直しをしたのがバレバレになりますよ」

ぴしゃりと言い切られて目黒は口をつぐんだ。時間短縮は無理だ。

しかしキングのせいであと一時間待ち、などと他のキャストにどうして言えよう。

通路に貼られたポスターを思い出した。目と鼻の穴をマグネットで赤や青にされたキングの顔を。

キングは演技にとことんこだわり、どんな些細なミスも許さない。厳しい言葉をぶつけたり稽古を長引かせたりして、キャストだけでなくスタッフからも煙たがられている。

コロナ禍が拍車を掛けた。本読みの段階からメインの俳優たちは一人一室、端役は楽屋の文字通り端と端に分けられ、スタッフがパトロールに回った。

——離れてくださーい。

——話すならマスクをつけて距離を空けてくださーい。

親睦を深めるどころではない。おまけに『もつれ』の台本は九割が争いだ。

——このたわけが！

——その薄汚い手で私に触るでない！

突き飛ばしたり殴ったり、芝居の稽古とはいえ毎日のようにいがみ合う。そして常にマスクやフェイスガード付きだ。

さっき目黒がマスクの中でついた安堵の息を、キングが非難だと誤解したのを思い出す。同じような誤解がキャストの間で頻発しただろう。とくにキング、クイーン、そして人気アイドルグループの看板メンバーであるナイトの三人は揃ってプライドが高い。

今はもうパトロールは必要ない。稽古以外でキャスト同士が会話することは一切ないからだ。そんな殺伐としたところに、キングのせいであと一時間待ちだと言ったらどうなることか。キャストはキングに冷たい視線を向けるだろう。そしてキングはへそを曲げ、ますますキャストやスタッフへの当たりがきつくなるだろう。

何か――待ち時間を延ばす別の理由が必要だ。

何かないか、何かないか。目黒が辺りを見回しているとノックの音がした。

目黒がついたてを回りドアを開けると、困ったような顔が目に飛び込んだ。

キングお抱えの宮廷医師、ドクター役の左右田始《そうだはじめ》が、グレーの燕尾服に身を固めて立っている。「これ」と目黒に見せたのは短い丈のマントだ。

「ちょっと衣装を直してほしくて。すみませーん」

左右田が響きのいい声で衣装担当者に呼びかける。目黒はすかさず左右田を阻んだ。

「すいません、今は、ちょっと」

「はい？」

左右田が不思議そうに目黒を見た。

奥から衣装担当者が「どうしました？」と現れた。左右田が目黒と衣装担当者を交互に見ながらマントを差し出す。

「マントを留めるボタンループが切れちゃったんですけど――」

衣装担当者が「あらら」と指ぬきをはめた指でマントをつまむ。目黒は左右田と衣装担当者の間に割り込んだ。

「すいません、今彼女に別件を頼んでて」

「じゃあアシスタントさんに――」

「二人とも手一杯だから俺が直しますよ」

「え、二人とも？　衣装に何かあったんですか？」

しまった、と息を呑んだ目黒に、左右田が畳みかける。

「衣装パレードの開始も遅れてるし、何かトラブルでも？」

「いや……その……」

目黒が泳がせた視線が、左右田の背後、廊下の壁に貼られたポスターにとまった。

中央にいるキングの胸に、宝石を連ねたネックレスが輝いている。宝石がきらめくように、目黒の頭の中で光がまたたいた。

ものは試しに、目の前の左右田にポスターを示す。

「実は、あのネックレスが切れてしまって」

左右田が背後を振り返り、「え」と目黒に向き直った。

「あのネックレスが、切れちゃったんですか？」

「ええ。ぶつっと。で、大至急、二人がかりでネックレスの修理中なんです」

「二人がかりで？」

「ええ」

「そうですか……」

左右田が眉を寄せて小さくうなずいた。

これだ。これで行こう。

ネックレスは『もつれ』における権力の象徴だ。

最初はキングの胸に飾られて登場する。そして登場人物が皆、ネックレスを我が物にしようと激しい諍《いさか》いを繰り広げる。

物語が進むとともに、ネックレスは登場人物の間を激しく行き来する。手にした者はネックレスを首に掛け、わはは、おほほ、と喜びに浸る。

当然、ネックレスは全シーンに登場する。演出家が言っていた。

——この話はキングとネックレスがダブル主役だよな。

目黒は勇んでもう片方の主役、キングの楽屋に乗り込んだ。ドレスシャツだけを着て鏡前に座っていたキングは、目黒の話を聞いて目を剝《む》いた。

「ネックレスが切れたって、何でまた」

「きっとネックレスの糸が弱ってたんですよ。出ずっぱりですし、掛けたり外したり、取り取られたりと酷使していますから」

「だけどネックレスがなければ、衣装パレードができないだろう」

「ええ。メインのキャストさんは全員首に掛けますから、それぞれの衣装との釣り合いを見ます。ですので、ネックレスの修理が終わるまでの一時間、休憩時間にさせてください」

口をつぐんで三つ数えた。今の話と次の話とは関係ないとキングに思わせるためだ。「ついでに」と明るく切り出す。

「せっかくですから、待ち時間にキングのお衣装も調整させていただくことにしました。ウェストだけ測らせてください」

「目黒、それは――」

メジャーを出した目黒をキングが凝視した。

いくら何でもタイミングが良すぎる話だ。キングも気づいたのだろう。キングの衣装直しをカムフラージュするための嘘だと。

やがてキングは視線を逸らした。そしてうなずいた。

「――そうか。そうか、分かった」

キングがシャツをめくって腹を出す。面子《メンツ》を保つためにキングは嘘を受け入れたようだ。

しかし、他のキャストはそうはいかない。

楽屋2に行き、クイーンにネックレスのことを告げると予想通り疑われた。

「目黒ちゃんさ、いい加減にして。何その下手な言い訳」

クイーンは目黒が知る女性俳優の中で一番気が強い。昔、稽古後の飲み会で演出家に腹を立て、咀嚼したキャベツを吹き付けた光景は忘れられない。

「開始時間に切れるなんてタイミングが良すぎる。本当のことを言いなさいよ。どうせ本当はまたキングが何かごねて開始時間が押してるんでしょう？」

「いいえ。これ、見てください」

目黒はクイーンの前で手のひらを開いた。

ネックレスに使われているのと似たパールを二粒載せている。キングの楽屋を出たあと、衣装室で借りて持ってきたのだ。

「この通り、ネックレスはばらばらになってしまったんです」

クイーンが声にならない声を発し、ついで溜息をついた。

「本当だ。もう……もっと丈夫に作っときなさいよ」

楽屋3でも楽屋4でも同じだった。ナイトにもプリンセスにも疑われたが、パールを見せるとぴたりと黙った。メインキャスト四人で奪い合っているのだから、皆、何かしら身に覚えがあるのだ。

ようやくメインキャストへの説明行脚を終え、目黒が廊下に出て伸びをしたとき柔らかい声が聞こえた。

「お疲れさまです」

マントを抱えた左右田が壁沿いのベンチから立ち上がり、目黒を迎えた。その膝から雑誌が床に滑り落ちる。『生き生き！　オンライン授業』というタイトルが見えた。

左右田は副業でボイストレーナーやスピーチ指導をやっている。コロナ禍で対面授業ができなくなり、オンライン授業に切り替えたと先日稽古の合間に話していた。今もオンライン向けの指導法を勉強していたのだろう。

目黒は制作部の下っ端のころから何度か左右田と仕事をしている。確か今年五十二歳。穏やかで控えめで、待ち時間はいつも一人でひっそりと新聞を読んでいるような地味な人だ。

それなのに無名俳優が淘汰されていく中、コロナ禍をさらりと生き延びている。左右田の世渡りの上手さは意外だった。

雑誌を拾い上げた左右田が目黒を見る。

「目黒さん、顔が疲れてる。説明回り、大丈夫でしたか？」

「いや……なかなかに緊張しましたよ」

「ですよね、今回のカンパニーは……。状況がこんなですから」

左右田ががらんとした廊下を見やった。幻のテーブルが目黒にも見える。

かつては稽古が始まると、目黒たち制作は真っ先に休憩コーナーを作った。

稽古場の廊下や休憩スペースの壁際に会議用テーブルを設ける。コーヒーサーバーを置き、横にお茶やジュースの二リットルペットボトルを並べ、紙コップとウェットティッシュを添える。そして、事務所や俳優から渡された差し入れを並べる。

クッキー、カップケーキ、いなり寿司、おはぎ、おにぎり、カツサンド、唐揚げ。そのときどきの流行りのスイーツ。ディスカウントショップで買った大袋入りのスナック菓子。マドレーヌやパウンドケーキなど手製の菓子を持ってくるものもいたし、受けを狙って駄菓子を買ってくるものもいた。

「僕ねえ、目黒さんがよく差し入れてくれる割れせん、割れ煎餅が好きなんですよ」

「あんなのどこにでもありますって。あ、左右田さんがいつか持ってきたキュウリ味の――」

「スプライト。ロシア土産で貰ったものを持っていったんです」

「あれめちゃくちゃ盛り上がりましたよね。みんなで味見して」

「何でもよかったんですよ、今思えば。ドリンクもお菓子も、どれもきっかけだったんです」

きっかけ――演劇用語で役者の登場や音楽を流す、または照明をオンにするなど行動を起こす機会のことだ。

――左右田さんからいただきました

制作が名前を書いた紙を貼って置いておくと、休憩時間に俳優が集まってくる。ペットボトルのお茶やサーバーのコーヒーの紙コップ片手に、差し入れに手を伸ばし、口を開く。食べるために。そして話すために。

――おいしい。このクッキー、どこの？

――お、俺の地元の名物だ。これ美味いんだよ。

カンパニーの役者は年齢もキャリアも演技力も序列も違う。個性も強い。だけど食べることだけは皆共通だ。

左右田が懐かしそうに目を細める。

「差し入れだけでなく、稽古終わりの飲み会も盛り上がりましたよね」

「演技の話からケンカになったりもしてね。それで雨降って地固まって、最高の舞台になったり。そういうきっかけが全部なくなっちゃいましたからね……」

コミュニケーションロス。コロナ禍でよく目にするようになった言葉だ。ソーシャルディスタンス、距離を置いているから声も届かず表情も読めず、どんどん心の距離も開いていく。

「打ち上げもできなくて寂しいですよ。あ、マントの修理でしたね」

目黒はマントを受け取ろうと、握っていたパール二粒をポケットに突っ込んだ。

ところがポケットから手を抜くとき、二粒とも指に引っかかって床に落ちた。弾むパールを左右田が素早く拾い上げ、そしてじっと見つめた。

すいません、と目黒が出した手のひらに、左右田はパールを乗せる。それを目黒が改めてポケットに入れようとしたとき、左右田が「待って」と呼びかけた。

「いいんですか？」

「何が？」

「ネックレス」

「え？　あれは今修理中で――」

「だからですよ」

左右田が目黒のポケットを指で示した。

「今見せてくれたパール二粒、衣装室に戻さなくていいんですか？　大粒だから、二粒も欠けたら長さが目に見えて変わってしまう。ないと修理が終わらないでしょう？」

「――そうでした。うっかり。衣装室に返してこないと」

目黒はどうにか動揺を抑え、笑顔を作って立ち上がった。


けっこう鋭い人だったのか。

衣装室にパールを返し終えてベンチに向かいながら、目黒はベンチの端に座っている左右田の様子を窺った。

左右田が膝の上の雑誌から顔を上げた。目黒は「お待たせしました」と反対側の端に座った。

そして左右田からマントを受け取り、ウェストバッグから裁縫道具を出した。

針に糸をつけ、取れたボタンループの跡に通す。糸をからげてループの紐を作り始めると、左右田が「すごいなあ」と子どものように見入った。

「手慣れてますね。新人さんのころに覚えたんですか？　かなり数をこなしているように見えるから」

よく見ている、と目黒は身を固くした。

端役専門の無名俳優とはいえ、左右田は競争の激しい芸能界で、長年役者を続けてきた。そして芸能界は人間関係で大きく左右される世界だ。

左右田が生き残ってこられたのは、鋭い観察眼があったからなのだと、今更ながら思い知らされる。

だとしても大丈夫だ。目黒は自分に言い聞かせた。

衣装直しは順調に進んでいる。あと四十分少々乗り切れば、何もかもが丸く収まる。

目黒がマントのループを作り終え、玉留めにした糸をぱちんと切ったとき、楽屋3のドアが開いた。

楽屋から若い男が出てくる。百八十五センチの長身に騎士の衣装とブーツをつけたナイトだ。フェイスガードで覆われた目を目黒たちに向け「お疲れさまです」と呼びかける。

台本を入れたタブレットを小脇に抱え、ナイトは左側に向けて歩き出す。目黒はマントを置いて立ち上がった。

「ナイト、どこに行くんですか？」

ナイトが足を止めて何か言った。「ん？」と目黒が聞き返すとナイトが声を張る。

「キングのところです」

「待ってください。キングに用があるなら俺が――」

キングは今、白シャツ一枚しか着ていない。

ナイトがフェイスガード越しに何か言った。「え？」と目黒が再び聞き返すと、「二幕四場」と繰り返した。

「ナイトとキングの絡みについて、キングと話したいんで」

「衣装パレードが終わってからの方がいいですよ。あー、えーと、キングは今、台本の勉強をしていらっしゃったと思いますよ。お邪魔しては、ねっ？」

「大丈夫ですよ」

ナイトはひるむことなく奥に向かう。

二十代半ばのナイトは番手こそ三番目だが、それはキャリアの長さで決まったに過ぎない。人気アイドルグループに属し、端整な顔立ちとクールな性格で絶大な人気を誇る彼は、キングと張り合えるだけのパワーを持っている。

物おじすることなく楽屋1に向かい、ナイトは細く開いたドアの隙間から「キング」と中に呼びかけた。

ややあって、ドアの向こうからキングが「何だ」と答えた。

目黒が位置を変えるとドアの隙間からキングの姿が見えた。フェイスガードをつけたキングは、床まで届くマントをまとっている。舞台のフィナーレでつける衣装だ。

キングがナイトの顔を見上げる。ナイトがキングに切り出した。

「今、時間があるから二幕四場について話しましょうよ」

「は？」

ナイトが体をキングへと傾けて繰り返す。

「話しましょう、って言ったんですよ。二幕四場について。ほら、俺が、ナイトがキングに『貴様にそのネックレスを持つ資格はない！』って言って、キングが『生意気な小童《こわっぱ》め！』って返してネックレスを奪い合うところのタイミングを――」

「あとにしてくれ」

「どうしてですか？　今、お互い衣装をつけてるからより本番に近い形で見直しができますよ。キングはそのマントを取ればいいだけじゃないですか」

取れるわけがない。マントの下は下着姿だ。

それを知らないナイトは立て板に水のようにまくし立てる。

「衣装パレードが始まるまで時間があるじゃないですか。ただ待ってるだけなんて時間がもったいないですよ。それにネックレスが切れたんですよ？　大事な本番でまた切れたりしないように、動きを見直した方がいいですよ」

稽古のときもナイトはこうだ。キングだけでなく、誰が相手でも理屈で詰める。

正論だとしても、やり込められる側が面白いはずがない。だからキングに次いで、ポスターの目鼻をマグネットで彩られているのだ。キングからも度々、怒りを買っている。

目黒が息をつめて耳を澄ませていると、キングの声が聞こえた。

「動きがどうとかは、あとでいいだろう」

「どうとか、って――」

楽屋１のドアがぴしゃりと閉まった。

目を怒らせたナイトが嫌味たっぷりに言い放つ。

「ドアを閉めたら換気が悪くなって密になりますよ！」

「ナイト、ここはひとまず」

目黒は急いでナイトを追い立てた。追ってきた左右田も加わる。

「ナイト、キングはお疲れなのかもしれませんよ」

「キングはいつもあんなですよ。ドクターだって見てるでしょう。俺がアイドルだからって露骨に馬鹿にして」

目黒は「いいえ」とナイトの前に回り込み、その顔を見上げた。

「ナイト、それは違います。キングは、大切なネックレスが切れてしまったことにショックを受けているんですよ。ばらばらになってしまったことに責任を感じてるんです。だから、ね？」

ナイトは目黒の弁解を無視して去っていく。ああ、と目黒は眉を寄せた。

キングが腹肉を気にして出てこられないのは分かる。しかし、出てこられないなら言い訳をすればいい。

事務所に電話しなければならない。考えごとがある。頭痛がする。何だっていいのだ。言い訳があればナイトだって矛を収められる。

キングのこの言葉の足りなさが、巡り巡ってポスターの目鼻に付けられたマグネットなのだ。

もしもコロナ禍でなく、いつものように差し入れがあったら。

目黒はまた、幻のテーブルに視線を向けた。

差し入れはコミュニケーションのきっかけだけではない。

一度、目黒がある役者に手を上げられた翌朝、目黒の自宅に高級日本酒が送られてきた。送り主は役者が所属する大手芸能事務所の社長、芸能界の長と呼ばれる人物だった。

目黒の自宅と好みを即座に調べ、幻と言われる入手困難な日本酒を一晩で取り寄せて届ける力、そして気迫。目黒はただただ圧倒されて怒りも忘れた。

飲み食いすれば消えてなくなる差し入れという切り札。キングもそれを駆使していた。何かにつけて豪華な差し入れを置いた。

人は腹が満ちれば大らかになる。それが三つ星の店に作らせた寿司の折り詰めや焼肉弁当、頬張れないほどぶ厚いローストビーフのサンドウィッチであればなおさらだ。

ふわりと焼き上げられた鰻は、キングの素っ気ない言葉を和らげるクッションとなっただろう。フカヒレの姿煮弁当は、キングの無愛想な表情を金色のタレのような輝きで覆っただろう。

そして色とりどりのマカロンやフルーツは心を沸き立たせて、小さなわだかまりを霞ませたに違いない。皆はキングが差し出す無言の詫びを受け、文字通り腹に収めた。

しかし今は会食禁止だ。キングを守っていたそれらはもうない。

目黒はキングが閉めたドアをそっと細く開けながら、中の様子を耳で窺った。ナイトを気にして出てくる様子はない。諦めてベンチに戻ろうとすると左右田が歩み寄ってきた。

「目黒さん。ちょっと」

手招きされてついていくと、左右田は給湯室に続く通路に入った。そして足を止め、目黒に向き直った。

「目黒さん。さっき言ったこと、おかしいですよ」

「おかしい？」

「今のネックレスはそうそう簡単には切れません。昔と違ってテグス、釣り糸のような切れない糸が使われてるから」

「――でも、実際切れたんだし」

「仮に切れたとしても、ばらばらにはなりません。少なくとも、このネックレスは」

左右田が掲示板のポスターに顔を向けた。そして、キングのネックレスを指差した。

「見えますか？　パールの粒と粒の間。小さな粒があるでしょう。結び目です。前に妻のパールのネックレスが切れたことがあるんですけど、それも散らばらなかった。一粒一粒、糸に結び目を作って繋げて、切れても散らばらないようにしてあるんです」

言われたとおりだ。ポスターのパールが放つ光が目黒の視界を真っ白にした。

どうにか引きつった笑いを浮かべ、目黒はこれまで使ってきた盾をまた構えた。

「あ、あのネックレスは毎日、稽古で酷使してたんですよ？　そりゃ、今のネックレスの糸は簡単には切れないし、ばらばらにならないように作ってあったかもしれません。でも何ですか、左右田さんは誰かが、ネックレスに細工をして、切れてばらばらになるようにしたっていうんですか!?　そんなことあるわけないじゃないですか、ははっ」

目黒は左右田の答えを待つことなく「ネックレスの様子を見てきます」と足早に廊下に出た。

衣装室に入ってついたてを回るとどっと疲れに襲われた。やはり左右田はよく見ている。気を取り直して中央の作業台に近づいた。衣装担当者とアシスタントが、一心不乱に衣装の縁をかがったり生地を縫い付けたりしている。

スマホの時計を見ると、新たに設定した開始時刻まで三十分を切ったところだ。目黒は衣装担当者に呼びかけた。

「ねえ、俺にも何か手伝えることはない？」

衣装直しが終わるまで衣装室を出ないことにした。そうすればボロを出すこともない。

衣装担当者に言われて埃取りのローラーを手にしたとき、目黒のスマホが鳴った。取り出して着信表示を見た目黒は直立不動になった。

緊張で強張った手で画面をタップする。芸能界の長が率いる大手事務所ミダスの専務、戸辺《とべ》だ。濁声《だみごえ》が尖っている。

「なあ、どうなってんの、そっち？」

「はい？」

「はい、じゃねえよ。うちの大事なタレントを預けてんだぞ、こら」

プリンセスのことだ。戸辺がふくよかな顔の眉を怒りで吊り上げているのが目に浮かぶ。

強面《こわもて》の戸辺は目黒が絶対に怒らせたくない業界人の一人だ。

戸辺は自社のタレントをないがしろにされると「消すぞ」と恫喝《どうかつ》してくる。裏社会と繋がっている、東京湾沿いにアジトを持っている、ミスを隠蔽したスタッフをさらって「消した」など、本当か嘘か分からない伝説もある。

その戸辺に今の状況を、嘘をつかずしてどう言ったものか。

目黒が口ごもっていると戸辺が凄む。

「何黙ってんだよ。隠しごとなんかしたらお前――」

消される。目黒は反射的に吐き出した。

「申し訳ございません。実は劇中で使うネックレス、あのポスターに写ってるネックレスが切れてしまいまして――」

「それは彼女から聞いた。ネックレスをばらばらに壊したのは誰なんだよ？」

「はい？　いえ、あれは自然に切れてしまっただけで――」

「嘘つくな、誰かがやったんだろ。嫌がらせに、こっそりネックレスに細工して、ばらばらになるように仕組んだって」

「そんな、ネックレスは本当に、自然に切れただけで――」

「んなわけねえだろ！　今のネックレスの糸は簡単に切れねえよ」

どこかで聞いたフレーズだ。

――今のネックレスの糸は簡単には切れないし。

左右田とやり合ったあのときだ。


ついたての向こうの廊下が急に騒がしくなった。確認します、と電話を切って衣装室を飛び出した目黒は立ちすくんだ。

廊下が中世ヨーロッパと化している。

楽屋2の前に、フェイスガードと衣装をつけたクイーンとプリンセス、ナイト。それを囲むように左右田と端役が数人。一人だけ未来からやってきたようなスタッフが懸命に呼びかけている。

「皆さん、離れてくださーい。間隔を空けてくださーい」

楽屋1の前にいた左右田が、目黒に気づいて「すみません」とささやく。目黒が左右田を咎《とが》めようとしたとき、クイーンが「目黒ちゃーん」と声を上げた。

「どういうこと？　ネックレスを誰かが切ってばらばらにしたって」

「いいえ、それは単なる誤解で――」

「目黒ちゃん、言ったんでしょう。誰かがネックレスに細工をして、切れてばらばらになるようにした、とか何とか。ねえ？」

問いかけられたプリンセスがうなずく。目黒が上げた声がプリンセスに聞かれたのだ。

クイーンがまなじりを吊り上げて畳みかける。

「今のネックレスの糸は簡単には切れないし、ばらばらにならないように作ってあった、って。じゃあ切れてばらばらになったってことは、誰かがやったってことじゃない」

「あ、あれは、ネックレスがばらばらになった、っていうのは、俺が大げさに言っちゃっただけなんです。実際は切れただけで、ばらばらにはなってない――」

「嘘。目黒ちゃん、ばらばらになったパールの粒を見せてくれたじゃないの」

目黒の耳に、キングのセリフがこだまする。

――策に溺れた愚か者めが！

落ちつけ、落ちつけ。目黒は拳を握った。

あともう少し乗り切ればいいだけだ。衣装パレードを始めてしまえばうやむやにできる。

目黒はとりあえず「申し訳ありません」と一同に頭を下げた。

「このフロアに怪しい人がいなかったか確認します。今、警備室に訊いてきます」

ナイトが目黒の前に立ち塞がる。

「もうスタッフさんに行ってもらってます。俺、侵入とか嫌ですから。前あったんですよ、ファンがスタッフに紛れて侵入した事件」

クイーンが強くうなずく。

「私なんて、ロケ先でトイレに変なカメラを仕掛けられたことがあるわよ。出待ちの人に尾行されたことだって」

雨雲が空を覆うように皆の顔が険しくなっていく。そこにスタッフの一人が小走りで現れた。

「警備室に確認しました。スタッフキャストが全員入ってから、入退室は一切ないそうです」

「じゃあネックレスを壊したのは、この中の誰かってことじゃない」

クイーンの声に、廊下が水を打ったように静まり返った。

目黒はあわてて一同に呼びかけた。

「皆さん、落ちついてください。あの、ネックレスをわざわざ壊す意味なんてないですし、きっと、何か、製作のときの何か――」

「目黒ちゃん、何かって何よ？　ハサミかカッターが偶然ネックレスに引っかかったとか？」

「目黒さん、昨日の稽古で壊れなかったのに今日壊れた、ってやっぱりおかしいですよ」

クイーンとナイトが口々に目黒を詰める。

こうなったらいっそ本当のことを――ネックレスが切れたというのは嘘だと告白してしまおうか。目黒が必死で考えていると、背中に勢いよく何かがぶつかった。

目黒が振り返ると背中にぶつかったのは楽屋1のドアだ。

そしてキングが姿を見せた。さっきと同じマント姿だ。きっとドアの隙間から廊下の騒ぎを聞いていたのだろう。

裸の王様、キングは険しい表情で一同をじろりと見渡した。

「確かなことは、ネックレスが切れてばらばらになったことだ」

キングが目黒に迫り、ぐっと見据えた。

「そうだな？　目黒」

ネックレスが切れたというのが嘘だと言えば、なぜ一時間待たされたのかという話になるだろう。そしてキングの衣装直しの時間稼ぎだとバレてしまうかもしれない。

目黒は仕方なく答えた。

「はい、キングがおっしゃる通りです」

クイーンが「だったら」と声を上げた。

「やっぱりネックレスはこの中の誰かが切ったってことよ。それも、わざわざ一粒一粒切ってばらばらにして。気持ち悪い。誰なの？」

クイーン、ナイト、プリンセス、そして端役が互いを見合う。

キングは、と見ると唇を真一文字に引き結び、じっと佇んでいる。そのとき、ナイトがぼそっと言った。

「俺のことを気に食わない奴がやったんじゃないですか？」

「はい？」

聞き返した目黒にナイトが言い直す。

「俺のことを気に食わない奴がやった、って」

「そんな、どうして——」

「『もつれ』で最後にネックレスをものにするのは俺、ナイトじゃないですか。だから俺への嫌がらせでネックレスを切ったんじゃないですか？　俺……みんなから嫌われてるし」

ナイトの口調が拗《す》ねたようにゆっくりになる。

「トイレの前のポスター、俺の目鼻にマグネットを付ける人がいるじゃないですか。それも稽古終わりに。俺の演技力が足りないから不満なんでしょう？」

「いえ、マグネットは誰かの軽い悪ふざけですよ。それに——」

キングの目鼻にも付いている、と言いそうになって目黒は止めた。言葉を切った目黒を見てナイトが続ける。

「みんなの態度で分かりますよ。さっきだってそう、キングは俺の相談にも乗ってくれないし、邪険に追い払うし」

キングを見ると頬がかすかに引きつっている。ナイトはキングとクイーン、プリンセスに向けて語気を強めた。

「みんな俺がセリフを飛ばしたり立ち位置を間違えたりすると、嫌な感じで睨むじゃないですか。挨拶しても話しかけても無視しましたよね、何度も」

クイーンが「はあ?」と声を上げた。

「それはあなただってそうでしょうが。マスクやフェイスガードをつけてたら見えない、聞こえないはあるって」

「俺に『三文役者』とか『田舎に帰れ』とか言うじゃないですか。本気で。魂を込めて」

「当たり前でしょう、役者なんだから。セリフを棒読みしろって言うの? あなた悪い方に考えすぎ」

クイーンが半笑いになった。プリンセスや端役もうなずく。それをナイトがむっと睨む。

「だけど、他に理由なんてないじゃないですか。ネックレスが切られるなんて」

結局そこに戻ってしまうのだ。ばらばらにならないはずのネックレスがばらばらになった、ということに。

目黒はキングを見た。キングが目黒の視線を避けてうつむく。

もうこうなったら自分がやったとでも言おうか——目黒が逡巡していると、キングの隣で「あ」と小さい声が上がった。

左右田が独り言のようにつぶやく。小さい声だが目黒にははっきりとよく聞き取れる。

「考えたら、結び目って強く引っ張れば小さく縮みますよね……」

目黒は反射的に頭の中で結び目を作った。

そうだ、そうだった。それなら——目黒が一同に呼びかけようとしたとき、目黒の隣でキングが一喝した。

「ええい、黙れ！」

啞然とするナイト、クイーン、プリンセス、端役たちをキングが睨む。

「この首飾りは王の印、欲にまみれた手で触れる不届き者め、今すぐ縛り首にしてくれるわ！」

これは『もつれ』のクライマックスのセリフだ。このセリフのあと、舞台は暗転、絞首台が登場する。

キングが「皆の者」と問いかける。

「縛り首で首が絞まるのはなぜだ？　ナイト」

「首に巻かれた縄が体重で引っ張られて締まるからですよ」

「そう。糸も同じじゃないか。引っ張れば結び目はぎゅっと締まる。ドクター、やってみろ」

キングに視線で促された左右田が、腰に巻いていたサッシュの端に結び目を作って引く。結び目がきゅっと小さくなる。

キングが「これだ」と一同に告げる。

「パールの穴より結び目が小さくなれば、パールは糸から簡単に抜ける。稽古で毎日ネックレスを奪い合って引っ張り合っていたから糸が弱って結び目も小さくなって、切れてばらばらになったんだ」

ああ、という声があちこちから起こった。

「なるほどねえ」

クイーンが自分のコルセットについた紐を、プリンセスは胸元のリボンに結び目を作って引いてみる。それを見たナイトが、納得したように小さくうなずく。

キングはそれを見届けると踵《きびす》を返し、楽屋1に入っていく。

左右田を見ると、淡々とサッシュの結び目をほどいている。

目黒はまたキングのセリフを思い出した。

――世の真実とは事実ではない。

声の大きい者が言ったことが真実となるのだ。


ネックレスについてはひとまず解決した。あとはサイズ直しが終わり次第、衣装をキングの楽屋に届けるだけだ。

キャストに楽屋に戻るように告げ、スタッフにも仕事に戻るようにと追い立てる。そして目黒は左右田を追い、前に回り込んだ。

「左右田さん――」

問いただそうとした目黒を遮るように、左右田が頭を下げた。

「すみません。さっきは無責任なことを言ってしまいました。ネックレスのこと。そのせいで、皆さんに余計なご心配をお掛けして」

「はあ……」

目黒は左右田の生真面目な顔を見つめた。

――今のネックレスはそうそう簡単には切れません。

――仮に切れたとしても、ばらばらにはなりません。

あれは疑いではなく、思いついたことを口にしただけのようだ。ほっと息をつくと、目黒の両の口角が自然に上がった。

「いえ、こちらこそご心配をお掛けしました。さ、楽屋へ」

笑顔と右手で促したとき、左右田が「あ」と目黒の背後に視線を止めた。振り返った目黒は目を見張った。

ベンチでクイーンとプリンセスが、ナイトを挟んで座っている。クイーンが母親のようにナイトの顔を覗き込む。

「演技力がどうとかって、あなた生意気なだけかと思ったら、実は気にしぃだったのねえ」

「別に気にしてませんよ。ただ、そうなのかな、って思っただけで」

目黒はクイーンに歩み寄った。

「あの、皆さんそれぞれ楽屋の中でお待ちいただけますか」

「楽屋で集まったら密になるでしょう。大丈夫、間隔は空けるから」

「いえ、それなら廊下じゃなくて、どこか別の場所で」

食い下がる目黒を無視して、クイーンが続ける。

「ねえ、一幕の二場についてちょっと話さない？　ドクターも来て」

「はい」

左右田が目黒をちらりと見てからベンチに向かった。

すぐに話が尽きるだろうという希望は裏切られた。目黒が衣装室の中から廊下を窺うと、クイーンたちの話し声は止まない。

さっきもクイーンに楽屋に戻るように言ったが聞き流された。重ねて頼むと睨まれた。

――何よ、私たちに廊下にいられたらまずいわけ？

粘れば藪蛇になりそうだ。目黒は仕方なく引き下がった。しかし休憩時間と告げた一時間はあと数分を残すばかりだ。

作業台の上には直し終えた衣装が並んでいる。ジャケットもボトムも巧みに柄を合わせて布を縫い付け、幅を広げてある。ぱっと見では直したことが分からない、見事な仕上げだ。

目黒は通話中のスマホを再び耳に当てた。キングの楽屋にいるスタッフに泣きつく。

「どうしたらいいんだよ。クイーンとプリンセスとナイトがいる前で、直した衣装をキングの部屋に持ち込めないって。怪しまれる」

「キングにマントを着てそっちに行ってもらうのは――」

「用があるときはいつも俺たちがキングのもとに出向くでしょ。何で今だけ、って余計怪しまれるって」

廊下の話し声が小さく聞こえる。クイーンやナイトが気持ちを和らげた今ならバレても――

目黒は首を振った。

プリンセスの所属事務所の専務、戸辺がいる。戸辺に嘘をついたとバレたら伝説通り消されるかもしれない。

目黒はキングの楽屋との境の壁を見た。

衣装パレードで一番先に着る衣装だけでも届けられないものか。あとは稽古場で衣装パレードが始まってから、こっそりキングの楽屋に運びこめばいいのだから。

力尽きて作業台に突っ伏している衣装担当者を目黒は起こした。最初の一着を袋に詰めるように頼んでスタッフとの通話に戻った。

「今、キングは？」

「奥の間でバタバタしてます。たぶん運動」

「じゃあバレないな。衣装室と一番近い窓を開けて。窓越しに渡す」

衣装担当者の手から衣装を詰めた袋を取り、口を固く縛って窓に走った。隣の楽屋と一番近い窓を開け、衣装担当者の制止を振り切って身を乗り出した。

向かいはビルで窓は塞がれている。下には人通りはない。見下ろした高さに身がすくんだが、負けていられない。

右を向くと、一メートルほど先で、スタッフがおっかなびっくり窓から顔と手を出している。

目黒は結び目を滑り止めにして袋を持ち、思い切って窓の外に吊り下げた。後ろから衣装担当者が目黒を引き戻そうとする。

「危ないですよ、ここ三階ですよ⁉」

かまわず目黒は勢いをつけて袋をスイングさせた。

スタッフが伸ばした手でキャッチしようとするが、あと少しのところで届かない。右手で窓枠を摑み、利き手でない左手で振るから思うようにいかない。

再び袋をスイングさせる。今度もまた届かない。しかし、二回試して感覚はつかめた。

今度こそ、と身を乗り出して思い切り袋を隣に向けて振ったとき、摑んでいた窓枠が汗で滑った。

体が勢いよく傾く。悲鳴を上げそうになったとき、がっしりと後ろから腕を取られた。

夢中で窓枠を摑み直す。後ろから引っ張られる力に合わせて、窓枠を押すようにして体を引き戻す。

気づくと窓の下にへたり込んで荒い息をついていた。目黒の顔を、困ったような顔が覗き込んだ。

「何てことするんですか」

地獄から引き戻してくれたのは左右田だ。

「左右田さん、どうして……」

「一時間経ったのに衣装パレードが始まらないから、様子を見に来たら——」

「衣装」

目黒が跳ね起きたとき、スマホが鳴った。飛びついて表示を見るとスタッフからのメッセージが目に飛び込んだ。

——キングに衣装を渡しました
緊張の糸が切れて、また床に倒れ込んだ。そして目黒はやっとのことで絞り出した。

「何で……？　左右田さん、俺が……」

「最初に僕が自分のマントを直してもらいに来たとき、目黒さんは言いましたね。ネックレスを直してもらっているところだと。でも、彼女はそのときも指ぬきをはめていた」

左右田が衣装担当者の右手を示した。人差し指と中指に金属製の指ぬきを被せたままだ。

「それだとネックレスのパールや宝石は滑ってつまめないでしょう。だから、本当はネックレスの修理じゃなくて、誰かの衣装を直しているんじゃないかな、って」

「ああ……」

目黒はさっきの廊下を思い出した。

集まったキャストの中で衣装を身につけていると見て取れなかったのは、マントで体を覆ったキングだけだった。


衣装パレードはキャスト全員が揃う舞踏会のシーンから始まる。まずは端役の俳優たちが衣装を調えて稽古場に入ってきた。

目黒は隅に控えてそれをぼんやりと見た。無理な姿勢で衣装袋を振り回したせいか、上半身が痛い。

少し離れて立った左右田がこちらを見た。「大丈夫ですか？」と近づいてくる。

目黒は照れ笑いでうなずいた。

「馬鹿みたいですよね。あんなことで死にかけて」

「必死だったんでしょう。『もつれ』をいい舞台にするためにキングを庇って。命がけで頑張ってくれて、ありがとうございます」

目がじんわり熱くなった。

「でも目黒さん、一人で抱え込まない方がいいんじゃないですか。周りが見えなくなって、あんな極端な行動に出てしまうなら」

左右田は気にかけてくれていた。何度も止めようとしてくれていた。目黒が耳を貸さなかったのだ。コミュニケーションロスは自分もだった、と目黒は苦笑した。

「それにしても左右田さん、すごいですよね」

「すごい？」

「衣装さんの指ぬきを見ただけで、最初から俺が嘘ついてるって見抜いてたなんて」

「いえ、それはあの――」

左右田の声を、スタッフの声が遮る。

「お疲れさまでーす」

衣装を身につけたキングが入ってくる。王笏《おうしゃく》を手にスタッフを従えて歩くところはさすがの貫禄だ。

キャストやスタッフが挨拶する中を、キングは悠然と歩いていく。そして、足を止めた。向かい合ったナイトが「お疲れさまです」と挨拶する。キングがいつもの険しい顔でナイトを見上げた。そして口を開いた。

「衣装パレードが終わったらやるぞ」

ナイトが「え？」と身を屈めて耳を近づける。キングが言い直す。

「二幕四場の検討だ。ドクターもな」

キングが左右田に顔を向ける。ナイトが少し驚いた顔になり、キングへと体を傾けたまま言った。

「分かりました。場所はどうしますか。目黒さんに頼んで――」

キングがナイトを一睨みし、ついで声を落とした。

「そうやって話すときにこっちに屈んで耳を傾けるのは止めてくれ。年寄り扱いされてるみたいだ」

ナイトが目を丸くした。キングは照れたように笑い、「な?」と王笏で床を鳴らす。

少し離れたところから、クイーンとプリンセスがキングの笑顔を見て驚いたように顔を見合わせる。スタッフが「離れてくださーい」と呼びかけながら四人の間を通り過ぎていく。

左右田が目黒に小声で告げる。

「差し入れの代わりに、ネックレス騒動が皆のきっかけになったならよかったですね」

「まあ……でも俺はやっぱり、きっかけはおいしいものであってほしいです」

「早くコロナ禍が去るといいですね」

左右田が微笑む。目黒は思い出した。

「左右田さん。さっき、何か言いかけてませんでした?」

「ああ。僕ね、目黒さんが出してくれる割れ煎餅が好きで」

差し入れの話をしたときも言っていた。目黒は「割れせん?」と聞き返した。

「あんなのどこにでも売ってますって」

「いえ、目黒さんの割れせんは特別」

いつも困ったような左右田の顔が珍しく満面の笑みになった。

「目黒さんは、差し入れが甘い物ばかりになってしまったときに、タイミングよく塩《しょ》っぱい煎餅を置いてくれるじゃないですか。あと、ダイエットしてる俳優がいると、カロリーの低いキュウリとか麩菓子とか置いて仲間外れにならないようにしてくれる。人気のお菓子は僕みたいな端役にも行き渡るように分けて出す。よく気がつくなあ、っていつも感心してました」

左右田が声を落とす。

「それなのに、目黒さんはパール二粒を『修理している最中』の衣装室に戻さなかった。そんなに気がつく人が、『うっかり』パールを返すのを忘れるはずがない、って思ったんです」

ドクター、と呼びかけられた左右田が立ち位置に向かう。

やられた、と目黒は苦笑しながら左右田の後ろ姿を見送った。

2022年10月　雲がくれ

「すみません、原《はら》さんを見かけませんでしたか？」

呼びかけられて須永睦月《すながむつき》はスマホから顔を上げた。

廊下の向こうから来たスタッフがこちらに問いかけたところだ。睦月を先導して歩いていたマネージャーが「いいえ」と答える。スタッフは足早に睦月たちとすれ違っていった。

原英美里《えみり》は睦月と同じ事務所に所属する俳優だ。

夕方からこのビルにあるホールで、原英美里が主演し、睦月も出演した映画の完成披露試写会が開かれる。それに先立ってビルの前でレッドカーペットイベントも行われる。

コロナ禍でエンターテインメント業界が自粛を余儀なくされて三年。睦月にとっては三年ぶりの大きなイベントだ。

睦月はマネージャーに尋ねた。

「英美里さんに何かあったのかな？」

「さあ……。なんか行き違ってるだけじゃない？」

これから宣伝用の動画撮影が行われる。今日参加する四人の出演者と女性監督が呼ばれる。そこに主演俳優が来ないわけがない、とマネージャーは言いたいのだろう。

それもそうだ、と睦月はスマホの画面に視線を戻した。

シフォンのノースリーブドレスをまとった全身ショット――さっきメイク室で撮ってもらったSNS用の画像を吟味する。スクロールを繰り返していると、今度は手のスマホが何かに衝突した。

睦月が視線を上げると、マネージャーの背中だ。立ち止まって誰かに挨拶している。誰、とマネージャーの横から顔を出すと、困ったような顔がこちらに向いた。

マネージャーの向かいに立っている五十代の男は、俳優の左右田始《そうだはじめ》だ。

左右田が睦月に、「お久しぶりです」と丁寧に頭を下げる。

三年前、二十七歳のときに主演した深夜ドラマで左右田と共演した。そして今回の映画にも、左右田は同じくらいのちょい役で出ている。

言っちゃ悪いが左右田のランクで宣伝イベントに呼ばれるわけがない。それなのに左右田はスーツにネクタイ姿。髪もプロの手で整えられている。

「僕、急きょ今日のイベントのMCを務めることになりまして」

「左右田さんが？」

口をきくつもりはなかったのに、つい睦月は訊いてしまった。

MCは原英美里や睦月と同じ芸能事務所ミダスに所属しているタレントだと聞いていた。左右田自身も戸惑ったような半笑いを浮かべている。

「ええ、なぜか……。昨日、急に事務所から連絡が来て」

左右田はミダスの傘下にある小さな事務所に属している。

もしかしたら、MCを務めるはずのタレントが急な体調不良――コロナウィルスに感染したのかもしれない。準主役の女性俳優の都合がつかず、繰り上げでこのイベントに出ることになった睦月のように。

それにしても急過ぎないか。マネージャーも目を丸くして言う。

「昨日ってまたいきなりですね……。まあでも、左右田さん、MCにぴったりじゃないですか。ほら、教授の役だったし」

左右田が穏やかに笑い、遠慮がちに告げる。

「あ……僕は教授じゃなくて技師、エンジニアの役で――」

「あ、そうそうそう！　エンジニア！　そう言おうとしたのに教授って言っちゃった。僕最近やばいですよ、記憶力」

マネージャーが言い訳をして先に急ぎ、エレベーターのボタンを押す。左右田は表情を崩すことなくそれを見ている。すご、と睦月は感心した。

自分だったら共演者のマネージャーに自分の役を忘れられていたら凹む。心の中で泣き崩れて二、三日落ち込むだろう。左右田のメンタルが相当強いか、超絶ポーカーフェイスかのどちらかだ。

かつて左右田に感じた底知れ無さ、空恐ろしさが蘇る。

三年前の深夜ドラマで、睦月は自分から主役の座を奪おうとしたエクレアをこっそり「消した」。誰にもバレないように念入りに仕組んだのに、左右田は睦月が犯人であることを見抜いた。そればかりか、演技力の無さまで指摘したのだ。

睦月は手にしたポーチをぐっと握りしめた。

今日も心に秘めた計画がある。それをまた左右田に邪魔されたらどうしよう。めったにないチャンスなのに。

エレベーターのドアが開き、マネージャーがさっさと乗り込んだ。左右田は脇にどいて睦月が乗るのを待ってくれる。精一杯澄ました顔で乗ろうとしたとき、廊下の向こうからスタッフが駆けてきた。

血相を変えた顔がさっきと同じ問いを睦月たちに投げかける。

「すみません、原さんを見かけませんでしたか!?」


原英美里は睦月の一歳年上だ。さばかわ――さばさばしているけど可愛い――と呼ばれる魅力で日本中から愛され、ゴールデンタイムの連続ドラマで主役を張れるトップクラスだ。

第一子を出産してすぐコロナ禍に見舞われたが、多数のＣＭで露出を落とすことなく乗り切った。ドラマやオンラインファッションショーのゲスト出演を経て、この映画が本格的な復帰第一作となる。

関係者向けの試写会では上々の評価で、本人も手応えを感じたそうだ。ファッション雑誌のインタビューでも英美里は言い切っていた。

――原英美里の第二章として、これ以上ないスタートが切れました。

多くの方に観ていただけるよう宣伝を頑張ります！

それなのに原英美里は姿を消した。レッドカーペットイベントと完成披露試写会を前に。これから屋上のガーデンで行われるはずだった動画撮影もできない。待つように言われ、睦月はマネージャーとともに階下のラウンジに入った。

ラウンジは控室と同じ五階にある。コロナ対策に透明なアクリル板が立てられたテーブルがいくつか置かれている。

撮影スタッフとプロデューサー、映画会社の宣伝部員で一杯だ。MCで動画のインタビュアーも兼ねる左右田は片隅にひっそりと立っていた。監督と俳優二人は控室で待機している。睦月も控室に戻ることはできたがラウンジで待つことにした。何が起こったのか心配でいてもたってもいられない。

ドレスの裾は床ぎりぎりの丈だから、気をつけながら椅子に座る。そして睦月はマネージャーにささやいた。

「英美里さんがいなかったらイベントはどうなるの？」

「まあ、ドタキャンだったら予定通りやるだろうな。レッドカーペットイベントも完成披露試写会も、マスコミや観客を呼んじゃってるし」

そうなれば睦月は登壇者の中で唯一の女性俳優だ。密かな企みが成功すれば、今日のイベントの主役になれる。

胸を高鳴らせる睦月にマネージャーが尋ねる。

「睦月、原さんから何か聞いたりしてない？」

「ううん。撮影が終わってからは会ってないし」

撮影中も原英美里はたいてい専属ヘアメイクと付き人と固まっていた。主演俳優にはよくあることだ。厳しいスケジュールと主演のプレッシャーを乗り切るために、気の置けない身内に囲まれて過ごす。

それでも英美里は挨拶をすればにっこり返してくれる。共演者がＮＧを出しても笑って許してくれる。可愛らしい見た目にそぐわない姉御肌で、共演者や自分に負担が掛かることがあれば制作陣に遠慮なく物申す。

マネージャーがさらに声を小さくした。

「現場に入ってから仕事が始まる前にいなくなって、携帯も通じない。ってことは原さん、身内の誰かと喧嘩でもしたのかな」

「身内って、マネージャーさんか付き人さんと？」

「そう。睦月、なんかちらっとでも聞いてない？　絡みが多かったでしょ」

女性キャストの中では、睦月は原英美里と準主役の女性俳優に次ぐ三番手。ヒロインの親友で同僚の役だから、ほとんどが原英美里との共演シーンだった。

撮影の合間に原英美里と言葉を交わすこともあった。だが、いつも当たり障りのない話題──撮影か天気か化粧品について──だ。

プロデューサーも皆に向けて呼びかけている。

「原さん、どんな様子だった？　この中で今日、原さんと話した人いる？」

睦月は首を振った。

このビルに到着し、控室に荷物を置いてから、睦月は真っ先に主演俳優の原英美里に挨拶に行った。しかし取り込み中だと言われて出直すことにしたのだ。

それを告げようとしたとき、プロデューサーの視線が睦月から逸れた。

「左右田さん？」

左右田が遠慮がちに小さく手を上げている。

「一時間ほど前ですけど、ＭＣをやることになりました、って原さんの控室にご挨拶に行かせてもらって」

何であんたが、と睦月は左右田を小さく睨んだ。睦月は後回しにされたのに、左右田はちゃっかり挨拶をさせてもらったのだ。

左右田は控えめにプロデューサーに告げる。

「原さん、有人のイベントに出るのは三年ぶりだから頑張らなきゃ、って言ってました。あと……」

左右田が一瞬ためらってから続けた。

「かつおぶしの話を」

「かつおぶし？」

「ええ。原さんと撮影で一緒になったときに、かつおぶしの話をしたんですよ。うち、猫がいるんで。その話の続きを少し」

「かつおぶしの話って……。原さん、元気だったんじゃないですか」

半笑いになるプロデューサーに、左右田が静かに言う。

「いや、演技だったのかもしれませんよ。役者さんですから……今は、ねえ？　いろいろと……」

辺りが静まり返った。

コロナ禍で大きな打撃を受けた芸能界で、何人かの俳優が悲しい選択をした。原英美里が姿を消したのも、もしかしたら——。

睦月の心臓の鼓動が速まった。睦月のマネージャーも、周りのスタッフも表情を曇らせる。

映画会社の宣伝担当者がプロデューサーにささやくのが聞こえる。

「早めに警察に通報して、捜索してもらった方がいいんじゃないの？　万が一ってことが……」

「確かに、いきなり行方不明っていうのがな……そんなことになったらイベントどころじゃないって」

じわりと手に汗が滲み、睦月は両手を握り合わせた。

イベントが中止になったらどうすればいいのだ。今回のイベントには、睦月のタレント生命が懸かっているのだ。

マネージャーに原英美里の捜索を手伝うよう頼もうとしたとき、電子音が響いた。皆が一斉に顔をそちらに向ける。

ラウンジの並びにあるエレベーターから出てきたのは、原英美里のマネージャーだ。そのままプロデューサーの前に行き、深々と頭を下げる。

「申し訳ありません。付き人だけじゃなく、事務所から人を呼んでこのビルの周りを探させているのですが……」

「いや、ほんと何とかお願いしますよ。主演の原さんあっての今日のイベントなんですから。プレスも集まってきてますよ」

プロデューサーがマネージャーに訴えたとき、エレベーターの扉がまた開いた。

降り立ったのは原英美里の専属ヘアメイク・明石《あかし》だ。今日は睦月たち出演者のメイクも担当している。

明石が原英美里のマネージャーに歩み寄り、申し訳なさそうに告げる。

「地下駐車場を見てきましたけど、英美里さんはいませんでした」

マネージャーが肩を落とし、プロデューサーに明石を示す。

「僕と付き人が控室を出ていた間に、原が彼女に頼んだんです。ドリンクをデリバリーでオーダーしたから、一階のエントランスまで取りに行ってほしいと」

明石がおどおどと口を開く。

「エントランスで待っていたけど配達の人が来なくて、おかしいな、と思っていたら、英美里さんが見当たらないって連絡が来て。控室に戻ったら、着たはずのドレスが脱いであって」

「原がデリバリーを頼んだというのは、どうも、嘘だったようで……」

「じゃあ原さんは、自分で人払いをして、自分で雲がくれしたんですか？」

プロデューサーに声高に迫られ、原英美里のマネージャーが観念したように口を開いた。

「実は……原は姿を消したあと、僕に電話してきたんです。必ず戻るから時間をくれと」

睦月は思わず「はい？」と声を上げた。プロデューサーは顔を引きつらせて原英美里のマネージャーに詰め寄る。

「戻るっていつ？」

「それが、原にいつだと訊いても言わなくて……心配しないで、とだけ」

ふざけるな、と睦月は心の中で叫んだ。プロデューサーも声を荒らげる。

「あの、分かってますよね？　レッドカーペットイベントまで二時間切ってるんですよ⁉」

宣伝担当者や撮影スタッフもどよめく。

「もしも原さんがこのまま現れなかったら――」

「でもさあ無理じゃね？　原さんみたいな有名人が外に出てくの。ビルの前にもうイベントの観客が集まり始めてるのに」

「だけど今ってみんなマスクつけてるじゃない。アプリでタクシーを呼んでビルの前に横付けしておけば、さっと乗り込めるでしょう」

確かに、と睦月が唇を嚙んだとき、不協和音が響き渡った。

異なる電子音、メロディーが一斉にラウンジに鳴り渡る。全部スマホの着信音だ。

睦月が自分のスマホを見ると画面に通知が表示されている。映画の公式ＳＮＳだ。プロデューサーが「やば！」と声を上げるのが聞こえた。

「ＳＮＳの担当者を止めるのを忘れてた……。マズいだろ、これ」

更新されたフィードは動画だ。左右田が自分のスマホを見ながら言う。

「これ、控室ですね」

ごく短い動画だ。控室のソファーに座った原英美里が微笑んでいる。ソファーテーブルにはペットボトルと今日のイベントの台本、そしてペンケースとクリアファイルが置かれている。私服のセットアップを着た原英美里が画面に向かって微笑む。

「今日、レッドカーペットで皆さまとお会いできるのを、とっても楽しみにしています」


プロデューサーと宣伝部員がマスコミ対応を協議する間、俳優たちは引き続き待機となった。睦月も控室に戻ったが、すぐにまた出た。控室をシェアしている監督が、一心不乱に次回作の脚本を書いているからだ。空気が張り詰めていていたたまれない。

ノースリーブのドレスの上にカーディガンを羽織って履いてきたスニーカーをつっかけ、ポーチを手に睦月は控室を出た。

さっきいたラウンジに行くと、睦月と同じように待たされているカメラマンや動画撮影のスタッフ、ヘアメイクの明石、出演者の事務所関係者が思い思いに座っている。

空いている席の一つに座ると、マネージャーが睦月を追って来た。「これ」と小さな紙袋を差し出す。

受け取って中を覗くと白い布で包まれた小箱が入っている。マネージャーが睦月に小声で告げる。

「原さんの付き人が待たせているお詫びに、って。本当はイベント終わりにみんなに配るはずだったらしいけど、ね」

見渡すとラウンジにいる皆が同じ紙袋を手にしている。

マネージャーがプロデューサーと話すと言って、ラウンジを出ていく。睦月はテーブルに置いたポーチを膝の上に移し、紙袋と小箱をテーブルに並べた。

SNS用に写真を撮ってから小箱の布をほどくと、水引を掛けられた桐の箱が出てきた。これも写真を撮ってからふたを開けると、チョコレートの香りがふわりと鼻をくすぐった。

中にはココアの粉が掛かったチョコレートトリュフが六つ並んでいる。SNSでこのトリュフを自慢する投稿を何度か見たことがある。有名なパティシエが作っている限定品で、一粒千円以上するからだ。

だけど今日はまったく心に刺さらない。

さっき控室に戻る前に聞いた、プロデューサーたちの会話が頭から離れない。

――原さんが笑顔で会場入りしたって世界に発信しちゃったよ。

これでドタキャンってなったら絶対怪しまれるだろ。

――間違いなくトラブル説が出るでしょうね。

でもまあ、映画も話題になるってことで。

睦月の膝がちくりと痛んだ。

やば、と睦月は膝の上に置いたポーチを開けた。お気に入りのキャラクターが付いた布のファスナーポーチだ。

中には下ろしたてのハンカチとヘアコロンを入れたスプレーボトル、ブレスケア用のミントキャンディー、開運祈願のお守りが入っている。そしてセロハンテープ。

テープは一番小さいサイズのもので、カッターが付いたプラスチックホルダーに収まっている。そのカッターがポーチとドレスの薄い布越しに膝を刺したのだ。

ドレスを傷つけないよう、カッターをハンカチで包んでポーチに入れ直した。しかし針で刺された風船が弾けるように、心の中で膨らんでいた希望はしぼんでいくばかりだ。

せっかくのチャンスだったのに。今日のイベントの登壇が決まったときから知恵を絞り、綿密に計画を立てたのに。

トリュフもSNS用に写真を撮ってから一つつまんだ。口を大きく開け、リップメイクが取れないように丸ごと口に押し込む。原英美里め、と勢いよく嚙み砕く。

レッドカーペットイベントは、カーペットの両脇にマスコミと、抽選に応募して集まった観客が並ぶ。

拡散が目的のイベントだから観客の撮影はもちろんOK。レッドカーペット上での出来事はスポーツ新聞やネットニュースより早く、SNSで拡散されるだろう。

さっき投稿されたばかりの公式SNSにだって、早くもコメントがついている。

——英美里ちゃん可愛い

——英美里さん頑張ってください

観客の大半が原英美里を目当てに来るのは分かっている。だから何とかしてレッドカーペット上で目立ちたかった。睦月のことも拡散してもらいたかった。

スポットライトを浴びる。それが睦月の願いだ。俳優業はその足がかりに過ぎない。皆の憧れに、注目の的になりたいのだ。

だが、このまま原英美里が現れなかったらおしまいだ。スポーツ新聞やネットニュースの見出しが頭に浮かぶ。

――原英美里　イベントを謎のドタキャン
　不可解な直前のコメント「会えるのが楽しみ」

主演俳優のトラブルというインパクトに勝るものはない。レッドカーペットの上で睦月が何をしようと霞んでしまう。

もう一つトリュフを頬張った。腹が立つと甘いものが欲しくなる。何が不満なの、と睦月はスマホ画面に表示された原英美里の顔を睨んだ。

一箱六千円以上もする菓子を皆に配れる財力があるくせに。映画に主演できて、降るほど仕事があって、夫と子どもだっている。

原英美里が去年SNSを始めたら、五分で睦月の十倍のフォロワーがついたそうだ。睦月にとって原英美里は、遥か彼方できらきらと輝く高い高い塔だ。

逃げ出すくらいならいっそ代わってほしい。こんな私と。

睦月が三年前に主演した深夜ドラマはまあまあの数字――視聴率を記録した。ブレイクのチャンスだ、と事務所も睦月も意気込んでいたらコロナ禍に見舞われた。

チャンスは潰《つい》えた。服飾の専門学校に通いながらモデルをしていたころと大して変わらないまま、どんどん三十歳が近づいてくる。夜中に家でイチゴジャムをすくって食べていたら、大きな瓶を空にしていたこともあった。

やっとコロナ禍が落ちついてきて、いくつかの小さい仕事を経て映画の脇役にありついた。

主演・原英美里のバーターではあったが爪痕を残そうと頑張った。そして今回のこのイベントで華やかな舞台に立てることになった。

今度こそ波に乗れると思ったのに、この有様だ。

トリュフをもう一つ取ろうと箱を指で探っていると、「あの」と遠慮がちな声が聞こえた。いつの間にか睦月の斜め前に左右田がいる。隣のテーブルに座り、前に睦月と同じ紙袋を、足元に家から持ってきたらしいバッグを置いている。控室を与えられていないのだろう。

左右田が睦月の前にあるトリュフの箱を視線で示す。何だよ、と睦月が左右田の視線を追うと、箱は空っぽだ。

空の箱を指でごそごそ探っていたと気づいて、睦月は恥ずかしさで頬を熱くした。

「やだー、一気食いしちゃいました」

誤魔化すための空笑いがつい大きくなり、視界の端で明石がこちらに顔を向けたのが見えた。

睦月はいたたまれず、誰にともなく言い訳をした。

「英美里さんのことが心配で上の空になっちゃって。英美里さん、何か悩みでもあったのかな、って」

悩ましいのは睦月の方だ。来年には所属事務所ミダスとの契約更改がある。それまでに何か可能性を見せなければ契約を切られ、ミダスほど大手の事務所には二度と所属できないだろう。

しかし左右田は睦月の言い訳を素直に受け取ったようで、うなずいて自分の古いスマホを掲げた。

「気になりますよね」

左右田が睦月に向けた画面にも、さっき映画の公式SNSにアップされた原英美里の動画が映っている。

「須永さん、動画の音、大きくして聞きましたか？」

「いいえ」

「僕は大きくして聞いてみたんですけど、モーツァルトの曲が流れてるんですよ」

「それが何か？」

「モーツァルトの音楽は高周波音が多用されていて、ストレスや落ち込みを和らげる効果があるって言われてるんです」

「はあ……。でも音楽でしょう？　たまたま流れてたとかじゃ――」

睦月は口をつぐんだ。

控室にテレビはない。音楽を流すとしたら、原英美里が選んだもののはずだ。

左右田が「もう一つ」と続けた。

「ご挨拶に行ったとき、原さんに訊かれたんですよ。映画の撮影のときに左右田さんが言ってた、かつおぶしの話なんだけど、って」

「ただのグルメトークじゃないですか」

原英美里はたまに自分のSNSに手料理を載せている。しかし、左右田は首を振った。

「さっきは言えなかったけど、原さんに訊かれたのは、かつおぶしに含まれるビタミンB1のこと。撮影中に話したときに、僕がちらっと言ったことを覚えてたんですよ。ビタミンB1はストレスにいいと」

「ストレスって、左右田さんさっきも」

原英美里が控室でかけたモーツァルトの音楽も、そして、原英美里が左右田に訊いたかつおぶしも、ストレスに効くというものだ。

左右田がうなずいた。

「原さんは、何か悩みでもあったんじゃないかな、って」

左右田がスマホに視線を戻し、目を細めたり画面を遠ざけたりしながら見ている。三年前のエクレア事件のときのように、何が起きたか推理しようとしているのではないか。

睦月も自分のスマホに表示した動画をまた見た。原英美里の前、ソファーテーブルに置かれたものも。

そういえば。忘れかけていた記憶が蘇る。コンクリートの壁、冷たく光る蛍光灯、スタッフやキャストの喧噪――。

睦月はドレスの裾に気をつけて立ち上がり、隣のテーブルに移った。

アクリル板越しに左右田が顔を上げる。内緒話が聞こえるように、アクリル板の横に顔を突き出して小声で告げた。

「私、気になることがあるんです」

「気になること?」

「ええ。撮影のときのこと」

映画『リミッター　～声なき叫び～』はサスペンスホラーだ。海外でドラマシリーズになった人気小説の映画化だ。

原英美里が演じるヒロインは製薬会社の研究員。三番手の俳優が演じるマッドサイエンティストが禁断の新薬を作ってしまい、研究員の半数がゾンビになって暴れる。ヒロインは二番手の俳優が演じる同僚と力を合わせて闘ううちに恋に落ちる。

睦月は声をひそめて左右田に告げた。

「撮影の中盤に、生き残った社員が会社の倉庫に集まるシーンがあったじゃないですか。左右田さんもいたでしょう」

「ええ。大変な撮影でした」

百人以上の社員——事務職から研究員まで——を前に原英美里が演説する。絶望したり自棄《やけ》になったりしてはだめ。生き延びるために賭けに出ようと。そして手近にあった瓶や缶、掃除道具などを使い、脱出プランを説明する。

そのシーンで睦月はヒロインの脱出プランに「無理」「危ない」と反対する。左右田は百人のエキストラと一緒にどよめいたり賛同の声を上げたりする。

「僕らが立つのはセットの倉庫で壁や天井が空いてたけど、それでも息苦しかったですね。本番まではマスクをつけるし」

「それもだけど、あのときは英美里さんが一番芝居が大変で……ほぼ一人舞台だったじゃないですか」

台本五ページに渡る説明と説得のセリフ。しかも位置関係を説明する動き付き。おまけにワンカットが長い。

原英美里は長ゼリフも難なくこなす俳優だが、そのときはさすがにつらかったのか、何度もNGを出した。セリフが詰まって出てこない、ということを繰り返し、しまいにセットから出て行ってしまった。

撮影は中断し、原英美里は控室からマネージャーを通して監督に要求した。もう少しカットを細かく割り、少しずつ撮ってほしいと。

監督が譲歩して、原英美里の要求通りカットを割った。そして無事に撮影は終わった。

「丸く収まったじゃないですか」

「そのあと。英美里さんと神崎《かんざき》くんが一緒にいたんです」

神崎俊弥《しゅんや》は原英美里の相手役で、二番手にクレジットされた二十八歳の俳優だ。三年前に深夜ドラマで共演したときは睦月が主演だったが逆転された。

きっかけはコロナ禍だ。超人気俳優だった仁羽類《にわるい》がステイホーム中の夜遊びでクラスターを起こした。仁羽は出演するはずだった連続ドラマを降ろされ、ピンチヒッターに起用されたのが神崎だった。

神崎はそのドラマで大ブレイクを果たした。消えた仁羽に代わってドラマ、映画、CMと八面六臂の大活躍の末、原英美里の相手役にまでのし上がったのだ。

「英美里さんと神崎くんだけまだ撮影があるからセットに残ったんです。私はその日の撮影終わりだったから、二人に挨拶しようとしたら」

ぞろぞろと引き上げる俳優やエキストラに逆流し、椅子に腰掛けた二人に後ろから近づいた。

話の切れ目を待って立っていたら、原英美里の溜息交じりの声が聞こえた。

——もう、みんなしんどい。

——大丈夫だよ、英美里さんなら。

神崎が優しく声を掛け、ぽんぽんと肩を叩いてなだめていた。

「次がラブシーンの撮影だったから、そこで盛り上がって——」

「女優さ——失礼、女性俳優を男性俳優が慰めるなんて、共演者同士なら、よくあることでしょう」

「そのあと」

睦月はさらに声をひそめた。

「英美里さんの様子が変わったの。待ち時間の英美里さん、前は付き人やスタイリストや専属ヘアメイクの明石さんと楽しそうに喋ってたのに、それからはいつも一人だけ離れて、イヤホンつけてぶすっとした顔で黙ってて。周りが話しかけても上の空なとこ、何度も見たの」

「原さん、疲れてるんじゃないですか？　お子さんがまだ小さいし、家のことだってそれなりに——」

「これ」

睦月は自分のスマホの画面を見せた。公式ＳＮＳの動画を一時停止している。左右田が目を細めた。

「年なんで、こういう小さくて細かい画像はなかなか」

「スクショすれば拡大できますよ」

睦月は動画を止めたまま画面撮影をし、画像のソファーテーブルの部分をぐっと拡大して左右田に見せた。左右田が「おお」と感心して見入る。

ぼやけながらもテーブル上のクリアファイルに差し込まれた写真が見える。

梅雨空の下、咲き誇る紫陽花《あじさい》の前で原英美里と神崎俊弥が並んでいる。原英美里の着ている服に見覚えがある。映画の宣伝のために神崎俊弥と雑誌で対談をしたときのものだ。

「今年の梅雨に撮ったものだと思います。英美里さん、この写真を持ち歩いてる。だいたい、プリントアウトしてるんですよ？」

「プリントアウトしちゃだめなんですか？」

「だめじゃないけど、面倒じゃないですか？　大抵は画像データで貰ってスマホかパソコンかクラウドに入れときますよ」

「へえ……僕らの時代は、写真は現像しないと見れなくて――」

「英美里さん、彼とはラブシーンもあったし盛り上がって、不倫関係になって、で、何か揉めたとか」

神崎があっという間にブレイクして睦月を抜き去ったのは、数多《あまた》の女心を摑む魅力があったからだ。原英美里も摑まれた一人だったかもしれない。

しかし、左右田は難しい顔になった。

「原さんは誰かにプリントアウトした写真を貰って、ファイルに入れて、そのままにしてただけかもしれませんよ」

「いいえ。匂わせですって、これは」

「匂わせ……ああ、誰かと同じ服やアクセサリーをつけていたりとか、さりげなく誰かの手や二人分の何かが写り込んだりとかするあれですね。そうやって二人の関係を匂わせること」

左右田が座り直した。

「須永さんは、原英美里さんと神崎俊弥さんとの間に何かあって、今日の失踪につながった、って思ってるんですね」

「ええ。この動画は絶対二人の関係を匂わせてる。言えないけど気づいてほしい、っていう、英美里さんの心の叫びですよ」

「匂わせか……」

左右田が画面を見て唸ったとき、その手のスマホが震えた。タップして着信に応えた左右田が、足早に廊下に出る。

もう、と睦月はドレスの下で小さく地団駄を踏んだ。

レッドカーペットイベントの開始まであと一時間半しかない。電話なんかしている場合か、と左右田の後ろ姿を睨む。今回のイベントは睦月に与えられた最後のチャンスなのだ。

もしも原英美里が神崎俊弥と不適切な関係だとしたら。神崎俊弥は、原英美里が今いる場所か、突き止めるヒントを知っているかもしれない。

あるいは、神崎俊弥からの電話やメッセージだったら、原英美里は受けるかもしれない。それで原英美里が戻るかどうかは分からないけれど、手をこまねいているよりはましだ。

そうだ、うちのマネージャーに言ってみよう。

睦月が立ち上がったとき、廊下の左右田と視線が合った。睦月を見ながらスマホに向かって話している。

五分後に恰幅のいい男が廊下からラウンジに入ってきた。

原英美里と睦月が所属する芸能事務所ミダスの専務、戸辺《とべ》慎也《しんや》がマスク越しに呼びかける。

「始！」

マスク越しでもよく通る声に、ラウンジ中の人が振り返った。明石やカメラマン、スタッフ何人かが弾かれたように立ち上がり、戸辺に頭を下げる。

「戸辺くん。うるさいよ」

左右田が笑う。くだけた口調を初めて聞いた。戸辺に苦笑いを向けた顔が急に若返ったように見える。

知り合いなのか、と見ていると、戸辺は空いていた椅子を引き寄せ、睦月と左右田の間にどかりと座った。

「おう睦月、久しぶり。寒そうな恰好してんな」

戸辺とは年に一度か二度、何かの集いか撮影現場で顔を合わせるくらいだ。前に会ったのはコロナ禍の前だった。

「左右田さんがさっき言ってた人って、戸辺専務のことですか？」

電話を終えた左右田が睦月に言ったのだ。

――力になってくれそうな人が来ますよ。

左右田より先に戸辺が「俺だよ」と胸を張る。

「原英美里がいなくなった、ってんで制作側に詫びるために駆け付けたんだよ。始がMCだって聞いたから、タクシーの中から電話したらさ。サンキューな睦月、匂わせの情報」

左右田がまた「しーっ」と戸辺を制し、睦月に告げる。

「神崎さんと原さんの事務所内で解決すれば、それが一番でしょう」

「神崎と英美里がな……」

戸辺の形相が一気に険しくなる。

「英美里のマネージャーに連絡して、神崎のマネージャーと一緒に神崎を詰めるように言ったから。英美里と何があったか、行方を知らないか、って。ま、ちょっと待ってろ。すぐだよ」

テーブルに音高くスマホを置いた戸辺が不気味に笑う。

「万が一、英美里の失踪に協力してるヤツなんかいたらマジで——」

戸辺が口の中でもごもご何か言った。消す、と言いたかったのだろう。以前は何かにつけて吠えていたが、今はさすがに控えているようだ。

「だけど戸辺くん、何かあったとしても、神崎くんは素直に言えるかな」

「神崎に伝えろ、って言ったよ。うちの社長も英美里のことを心配してる。何かあったらすぐに自分が動く、って言ってるってな」

やば、と睦月は思わずつぶやいた。左右田も真顔になっている。

ミダスの社長は芸能界の長《おさ》と呼ばれている。

睦月は二度ほど社長に挨拶したことがあるが、向かい合って立っただけで足が震えた。深い海の水面を見ているような気がした。鏡のように凪《な》いでいるが、ひとたび嵐が起きたらたちまち飲み込まれて二度と浮かび上がれない。

その社長――芸能界の長に嘘をつける俳優はそういないだろう。もしも嘘がバレたら例え話でなく、本当に海の底に沈められそうだ。

神崎が隠していることを白状し、原英美里を連れ戻すきっかけになればイベントは予定通り開催できる。今ならまだ間に合う。

睦月の心に拡がった雲に、希望の光が筋を描いた。戸辺も一件落着とばかりに左右田に目を向ける。

「それにしても、始が何でMCなんだよ？　俳優をMCにするのからして珍しいぞ」

「僕もよく分からないよ。昨日、うちの事務所から言われただけで」

戸辺と親しげなのを見て、これが左右田のコネかと思ったが違うようだ。左右田が戸辺に向けて台本をかざす。

「これも芝居、MCって役を演じることだよ。僕は演技を続けていられることが幸せだから」

「まあ、始は昔っから真面目な、お堅い役を貰うよな。執事とか教師とか牧師とか」

「医師とか刑事とか知事とか、あ、みんな『し』か『じ』がつくな」

左右田が手を叩く。

「戸辺くん、MCも『し』がつくよ」

「それか。じゃあ次はWCか？」

「その言い方、昭和だなあ」

二人がくっくっと笑う。小学生かよ、と呆れて見ていると、戸辺が睦月に告げた。

「俺も若いころ役者をやってて、始と一緒に劇団を立ち上げたんだよ」

戸辺が両手を掲げて妙なポーズを取り、節を付けて唱える。

「そうだ、はじめ。とべ、しんや。睦月、分かる？　これが、あの頃の俺たちの挨拶。左右田、始、戸辺、慎也。そうだ、始！　飛べ、慎也！」

がはは、と戸辺が身をのけぞらせて笑い、廊下からラウンジに入ってきたスタッフや反対に出ていく明石が不気味そうに戸辺を見た。左右田はほんのり顔を赤らめて戸辺を制する。

「戸辺くん、昔話はもう――」

「えー、戸辺専務、私もっと聞きたいですー」

睦月は胸の前で手を組んで上目遣いでねだった。左右田が照れているのを見るといじめたくなる。

戸辺が「おうよ」と睦月に向けて胸を張る。

「目立とう、目立とうって必死でさ。顔を白塗りにして舞台公演のビラを配ったり、地下鉄の駅で踊ったり、大食い大会に出たり――。あとあれだ。始、覚えてるか？　どっかのショッピングモールでさ、即興で恋愛ドラマをやって、どっちが一番足を止めてもらえるか競おうって、始が演劇仲間の女の子の前でひざまずいて――」

戸辺が滔々《とうとう》とまくし立てる。左右田は止めても無駄だと悟ったのか、黙って身を縮めている。

睦月は意外な思いでほんのり赤らんだ左右田の顔を見た。

最初から無名の俳優を志す者などいない。それでも、この左右田にも人気を求めて――まるで今の睦月のように——がつがつしていた時期があったなんて思ってもみなかった。

ひとしきり左右田の黒歴史を聞いたところで、宣伝担当者が現れて睦月たちのテーブルにやってきた。

「とりあえず、宣伝用の動画だけ先に撮ることになりました。四人だけで撮ると原さんの不在が目立つので一人ずつ。須永さんからお願いします。あと左右田さん、ＭＣの台本を変更するので打合せを」

左右田が「はい」と足元のバッグを取り、テーブルに置いた台本を抱えて立ち上がる。睦月もポーチを手にして立ち上がり、思い出して宣伝担当者に確認した。

「撮る前にメイク直しお願いできますよね？」

さっきチョコレートトリュフを六個むさぼり食ったから、リップメイクがはげている。

ヘアメイクの明石は山のように持ち込んだメイク道具を駆使し、睦月の唇をリップベースとリップペンシルと二色のリップ、ハイライト、グロスで彩ってくれた。

プロのメイクは手が込んでいるから、自分では同じようには直せない。明石が使っているメイク専用のライトの元で、髪もメイクもきちんと整えてほしい。

もちろん、と宣伝担当者が請け合ったとき、別のスタッフが入ってきた。ラウンジ内を見回し、宣伝担当者に歩み寄る。

「ヘアメイクさんを見ませんでしたか？　撮影場所に来ないんですよ」

「はあ？　明石さんが？」

宣伝担当者がスマホをタップする。がはは、と戸辺が笑う。

「何だそれ。まさかヘアメイクまでいなくなったとかじゃないよなあ？」

笑えない。左右田も真顔で宣伝担当者のスマホを見ている。鳴り続ける呼出し音が漏れ聞こえる。

結局、明石が撮影現場に戻る前に、睦月のコメント撮りが始まった。睦月は仕方なく自前の櫛とメイク道具でヘアとメイクを整えた。

何でこう何もかも上手くいかないのだ。こんな納得いかない顔で撮られるなんて。

泣きたい気持ちを隠して睦月が撮影を終えると、撮影に立ち会うプロデューサーたちの話し声が聞こえた。

「英美里さんに続いて行方不明って、なんか関連あるんですかねえ」

「いや、明石さんの場合はちょっと外に出てるだけかも」

睦月の視線を感じたのか、宣伝担当者がこちらを向いた。

「大丈夫。明石さんに留守電入れたからすぐに戻ってくるよ」

そうでないと困る。これからレッドカーペットイベントと完成披露試写会があるのだ。プロのヘアメイクなしで登場するなどありえない。

原英美里の失踪説で少しでも霞まないために、睦月は精一杯レッドカーペット上でアピールするしかないのだ。納得いかない顔で動画コメントを撮られてしまった今となってはもっともっと。

そうだ。撮影場所を出てエレベーターに乗り込みながら、睦月はスマホを出した。

主演俳優とヘアメイクの失踪。今、イベント前に起きていることを、ＳＮＳでさりげなく、ほのかに匂わせたらどうだろう。

——どんなことが起きても私はベストを尽くすだけ。

——試練は乗り越えられる人たちにだけ与えられる。

上手くいけば話題になる。何かあったんですか、と睦月のアカウントにコメントが殺到するだろう。フォロワーも増えるかもしれない。

それで行こう、と睦月は意気込んでエレベーターを降りた。

スマホでＳＮＳの投稿画面を出しながら廊下を突き進む。ラウンジの窓から見えるレッドカーペットを撮って投稿しよう。昨日張り切ってネイルサロンできらめかせたネイルも写り込ませよう。

「あれ……？」

睦月は足を止めた。スニーカーのかかとにまつわりついたドレスの裾をそっと外しながら辺りを見回す。

ラウンジがあるはずなのにない。エレベーターで降りる階を間違えたようだ。

やば、と来た道を振り返ったとき、横から厳しい男の声が聞こえた。

「どちらへ？」

顔を向けると、ビルの警備員が睦月の元に近づいて来た。ドレスの上にカーディガンを羽織ってスニーカーをつっかけ、キャラクターが付いたポーチを手にした睦月をうさんくさそうに見ている。

睦月は警備員に、にこりと笑いかけた。

「エレベーターを降りる階を間違えちゃったみたいで」

そそくさと来た道を戻ろうとしたとき、警備員が睦月の前に回り込んで阻んだ。

「館内を歩くときは入館証をお願いします」

「入館証？」

マネージャーが入館証を首から提げていたのを思い出した。睦月は首をすくめて警備員に上目遣いで笑った。

「私、持ってないです」

「持ってなかったら館内に入れないでしょう」

睦月は上の階を指で示して手を合わせた。

「マネージャーが入館証を持ってますから」

最近のビルは警備が厳しいが、ドレスアップしたタレントが入館証をつけさせられることはあまりない。入館証を持ったマネージャーがついているし、限られたエリアから出ることもないからだ。

しかし、警備員はさらに表情を険しくする。

「マネージャー？」

「私、俳優なんです」

「俳優？」

「ほら、これから映画のイベントがあるでしょう。表のレッドカーペットとこのビルのホールで。私、それに出るんで」

「イベントねえ……」

「そうです。映画『リミッター』の――」

「いや、それは知ってるけど、俳優さんねえ……」

警備員が険しい顔のまま、じろりと睦月を見る。お前のことは知らねえよ、と思っているのが表情で丸分かりだ。

睦月は引きつった顔で懸命に微笑んだ。この警備員がＳＮＳをやっていて、あとで睦月のことをつぶやかないとも限らない。


「睦月ぃ、何やってんだよ」

マネージャーに電話したのに戸辺が睦月を迎えに来た。「すいませんねー」と戸辺は警備員の前で入館証をひらひらさせ、睦月を連れて元いたラウンジに向かった。

「みんな取り込んでるから俺が来たんだよ。英美里が戻ってこなかったら、明日以降の映画の宣伝スケジュールをどうすんのかって、頭を突き合わせてるよ」

「ヘアメイクの明石さんは？」

「連絡があった。急用ができてすぐ戻る、って。ったくどいつもこいつも。しわ寄せを受ける方はたまったもんじゃねえよ」

肩をすくめた戸辺が、ラウンジの奥を示した。

左右田がテーブルに向かって台本を一心に読み込んでいる。

「英美里がひょっこり戻ってきたら、ああやって台本の変更を頭に入れてるのも無駄になるんだよな」

レッドカーペットイベントと完成披露試写会、両方の台本だから、頭に入れる量も相当だ。しかし左右田は穏やかな顔で、丁寧に指で台本を辿りながら読んでいる。

睦月は思いついて戸辺に尋ねた。

「左右田さんって、昔からあんなだったんですか?」

「何、また始の黒歴史が聞きたいのか?」

「そうじゃなくて。左右田さんって、何ていうか、がつがつしてないっていうか……」

「あいつ結婚してるぞ?」

「違います! ただ、何であんなに落ちついてるんだろう、って。俳優なのに俺が俺が感もないし」

「そりゃー五十三歳だしな。見苦しくないように、って気ぃ使うさ。とくに、この業界じゃな。現場で邪魔にならないように、若いやつらに鬱陶しいおっさんだと思われないように」

「でも……左右田さんにも黒歴史があったわけじゃないですか。売れたい、って頑張っちゃってた。そこからどう、今みたいになったのか」

戸辺が左右田を見て、「まあ」と続けた。

「すんなりああなった訳じゃねえけどな。もう十年以上前になるか。あいつ四十になるころ、いきなり銀髪に染めたんだよ」

「銀髪!?」

「あと海外でオーディションを受けてデビューしようとしたり、歌手デビューを目指して路上で弾き語りを始めたり、山奥に籠もって滝に打たれたり。筋トレで肉体改造もしたな。首にタトゥーを入れようとしたときはさすがに止めたよ」

「タトゥー……」

「あいつ昔っから、自分には華が無いって悩んでたから。それにしてもタトゥーはねえだろ。『し』や『じ』がつくお堅い職業で役がついてるのに。役者人生を捨てる気かよ、って」

あの左右田が、と睦月はラウンジの奥に目を向けた。

左右田は四十路を迎えて焦ったのではないだろうか。

睦月も三十路のただ中であがいているからよく分かる。手が自然にポーチの中のセロハンテープを握った。

「じゃあ、左右田さんは戸辺専務に止められて目を覚ましたと――」

「いや、止めたのは俺じゃねえ。猫だよ」

「猫？」

「ああ。手の平に乗るようなちっちゃい子猫。かみさんが家に連れてきたって。始のヤツ、子猫ちゃんに骨抜きにされてさ。俺と酒を飲みに行っても写真を見せまくって猫自慢の嵐。そこが境だったな。始、そこから憑きものが落ちたようになって」

戸辺が真顔になって続ける。

「あいつ、しみじみと言ってたよ。こんな幸せがあるんだな、って。今まで遠くばかり見ていて、もったいなかった、とも」

「もったいなかった……」

睦月が左右田に顔を向けたとき、台本を閉じた左右田もこちらを向いた。

立ち上がって戸辺と睦月のテーブルに来た左右田にも、戸辺はヘアメイクの明石から連絡があったことを告げた。

「そういえば睦月も行方不明になるところだったんだぜ」

「睦月さんも？」

左右田が首を傾げる。戸辺につられてだろうが、名前で呼ばれたのは初めてだ。嫌ではなかった。

戸辺が「おうよ」と自分の入館証を指で示す。

「睦月がエレベーターで降りる階を間違って、警備員に捕まったんだよ。入館証をつけてなかったから」

「入館証……」

左右田が考え込んだ。

そのとき戸辺のスマホが鳴った。応じた戸辺の顔がみるみるうちに険しくなる。「分かった」と短く答えて戸辺は電話を切り、深い溜息をついた。

「英美里のマネージャーから。神崎は英美里の失踪とは無関係だってよ。撮影現場以外での付き合いは一切ないと」

睦月は「そんな」と食ってかかった。

「はいそうです、って神崎くんが簡単に認めるわけないじゃないですか」

「神崎はミダスの社長が出てくるぞ、って聞いたら青ざめて、持ってるスマホ二台を出した。信じてください、ってな。神崎のマネージャーと英美里のマネージャーでスマホの中身をチェックしたけど、英美里と付き合ってるような痕跡はなかったそうだ。彼女は何人もいるようだけど、英美里ではないって」

戸辺がまた深い溜息をついた。

「手がかりなしか。英美里も戻ってこないし、もう、謝り倒して英美里なしで進めてもらうしかねえな」

「だけど戸辺専務、英美里さんは会場入りしてることがもうネットに――」

「その辺はマスコミにはできるだけ手を回して抑える。ネットでわーわー言われるのは、もう知らねえよ」

ネットでわーわーが大事なんだよ、と睦月は拳を握った。スポーツ紙やニュースサイトに載る写真では限界がある。睦月の晴れ姿を拡散してくれるのは一般の人たちのネット投稿なのだ。

左右田は、と見ると、目を伏せて固まっている。戸辺がその顔を覗く。

「始、どうしたよ？　覚えたセリフが逃げるってか？」

「いや……」

左右田が立ち上がって廊下に出た。

どうした、と睦月が追うと、左右田はラウンジの並びにあるエレベーター、続いて廊下の突き当たりにある階段を見ている。睦月に続いて追ってきた戸辺が「何だよ？」と左右田に呼びかける。

左右田が二人に向き直り、戸辺の胸の入館証を指差した。

「原さんも入館証がなければ館内を動き回れないよね。仮に変装したとしても警備員に見とがめられる」

「だよな。英美里はエレベーターで一気に下に降りて、一階のエントランスを出たんじゃ――」

「この階にはラウンジと控室があるじゃない。原さんがエレベーターの前に一人で立ってたら、必ず誰かに見られてるはずだよ」

左右田が今度は廊下の突き当たりにある階段を示した。ちょうど警備員が巡回で上がってきたところだ。

「原さんが階段を使って下に行くにしても入館証が要る」

「英美里さんが誰かから入館証を借りた、ってことですか？」

「いいえ。入館証を持っている人をAさんとしましょう。原さんがAさんから入館証を借りて出て行ってしまったら、入館証を持たないAさんは館内を歩き回れなくなる」

左右田が両の手を原英美里とAさんに見立てて動かす。

「Aさんが原さんに付き添ってどこかに連れて行った。そして何食わぬ顔をして自分だけ館内に戻ったということじゃないかな」

「なるほどな。だけど館内はみんなが上から下までくまなく探したぞ。でも、英美里はどこにもいなかった」

戸辺に左右田が向き直った。

「確かめたいことがあるんだけど、一緒に来てくれないかな？」

「私も行きます」

睦月はとっさに言った。戸辺が「だめ」と睦月を睨む。

「睦月は出演者なんだから大人しくしてろ」

「女子もいた方が視点が拡がりますよ」

二人が乗り込んだエレベーターに、睦月も強引に乗り込んで閉ボタンを押した。

エレベーターが降下を始める。左右田が続けた。

「最初にラウンジで、睦月さんに匂わせ動画のことを教わったとき、ちょっと気になったことがあって」

エレベーターが地下一階で止まった。降り立つと映画に登場する倉庫のような光景が現れた。倉庫と同じコンクリート壁のエレベーターホールと、そこから延びるビニール張りの廊下だ。

左右田が廊下を歩きながら戸辺と睦月に話す。

「気になったのは、ヘアメイクの明石さんがずっとラウンジにいること。メイク室があるんだから、そこで待っていることだってできるでしょう。なのに彼女は騒がしいラウンジに陣取って、しかも僕らの話を聞いてるような様子もあった」

睦月はラウンジにいたときのことを思い出した。睦月や戸辺が大きな声を発したとき、明石はこちらに視線を向けた。

左右田が「推測だけど」と前置きして続ける。

「明石さんは皆の動向に聞き耳を立ててたんじゃないかな。原英美里さんの失踪を受けて、映画会社や事務所がどう動くか知りたくて」

「じゃあ、明石が原英美里を連れ出したAさんか？」

「そうかも。デリバリーを受け取りに一階のエントランスに行ったというのは嘘で、実際は原さんを連れ出した」

左右田が睦月に顔を向けた。

「ヘアメイクさんの荷物は多いでしょう。その上、明石さんはメイク用のライトまで持ち込んでいた。あれだけの量の荷物を運ぶには車が要るよ。明石さんは車でこのビルまで来てる」

廊下の突き当たりは警備員が常駐するブースがある。その手前は小さなホールだ。睦月は目を見張った。

「明石さん!?」

壁際のベンチに座っていた明石が、弾かれたように立ち上がった。

顔が引きつり、唇が震えている。手が首から提げた入館証を摑む。

明石が背にしたガラス壁を左右田が手で示した。ガラスの自動ドアがあり、目の高さに文字が書かれている。

――地下駐車場
左右田が明石に呼びかけた。

「明石さんは地下駐車場に車を止めてる。そして原英美里さんは、あなたの車の中にいるんじゃないですか？」

「どうなんだ」

戸辺に詰め寄られ、明石が観念したようにうなずく。睦月は思わず声を上げた。

「待って、明石さんはさっき、地下駐を探したけど英美里さんはいなかったって言ったじゃないですか」

「それは、英美里さんに頼まれて……」

ちょっと一人になりたい、御礼をするから協力して。英美里はそう明石に頼んだそうだ。

「英美里さんは一番大切なクライアントさんだし、私、独立して事務所を構えたばっかりで物入りで……それに、英美里さんがちょっとだけって言ったから。こんなに大きなイベントをすっぽかすわけないでしょ、って……」

明石が組んだ両手を揉みしだく。

「でも……でも、英美里さん、戻ってこなくて……騒ぎになって……心配になってラウンジで様子見してたら、戸辺さんまでいらして……」

英美里失踪の報を受けて駆け付けた戸辺は、ラウンジで吠えた。

――うちの社長も英美里のことを心配してる。

社長こと芸能界の長まで乗り出したと聞いて明石は恐怖にかられた。英美里はトップ俳優だからいいが、明石は手伝った上に嘘をついたとバレたらただでは済まないだろう。

明石が声を震わせる。

「許してもらうには、私が英美里さんを説得して、皆さんの前に連れ戻すしかない、って思って……それで私、ここに……」

明石がガラス壁の向こうを指差す。

薄暗い地下駐車場が拡がっている。コンベンションセンターでもイベントがあるせいでほぼ満車だ。

「あの、白いワンボックスカーなんですけど——」

戸辺が「行こう」と明石を促す。

「イベント開始まで三十分を切ったぞ」

「英美里さんのところには、もう行きました。でも……英美里さん、私の話を聞いてくれないんです。車のドアをロックして、窓を閉めて」

「車のキーがあんだろ、ドアを開けて引っ張り出すぞ」

「キーは英美里さんが持ってます。何かあったときのために置いてって、って言われて、断れなくて渡したんです」

戸辺が深い溜息をついた。

左右田はガラスの向こうに並ぶ車をじっと見ている。

睦月もどうしたものかと車の方を見たとき、戸辺がポケットからスマホを出しながら睦月に告げた。

「先に上に戻って。彼女と一緒に」

「説得するなら私も一緒に――」

「戻れ」

ぴしりと戸辺がはねつけた。隣で左右田も睦月を促す。

「上で待っててください」

そして、戸辺と左右田はガラス戸の向こうに出て行った。


レッドカーペットイベント開始時刻から十五分が過ぎた。睦月が今いるビル一階のエントランスに、原英美里はまだ現れない。

睦月たち登壇者はもうフェイスガードを外している。スニーカーからハイヒールサンダルに履き替えた足と、カーディガンを脱いで剝き出しの両腕が冷たい。

睦月のそばには俳優二人と監督が立っている。原英美里の相手役、神崎俊弥を窺うと、ぶすっとした顔でかかとを床に打ち付けている。マネージャー経由で戸辺にさんざん詰められたせいだろう。

登壇者と正面玄関の間には、宣伝担当者や事務所の関係者、警備員が壁のように並んで立っている。エントランスの向こうから聞こえるざわめきが徐々にトーンを上げていく。

睦月の隣で監督が小さく息をついた。

「英美里ちゃん、大丈夫なのかな？」

睦月が何十回目かエレベーターに目を向けたとき、その扉がようやく開いた。

赤いロングドレスに身を包んだ原英美里が現れた。

空気の色が変わったようだ。睦月と同じように待たされていた人々が嘆声を漏らす。

マネージャーと戸辺、付き人と明石を従え、原英美里はエントランスに進み出た。映画会社の人間たち、宣伝担当スタッフ、そして俳優たちの事務所の人間が揃って原英美里に向き直る。

原英美里の愛らしい顔が臆することなく一同を見渡す。甘えるような声で告げる。

「お待たせして申し訳ありません」

隣で戸辺が言い添える。

「皆さん、ご心配をお掛けしました。英美里、地下駐に止めた車の中で考え事をしてたら寝入っちゃったんですよ。携帯も切って。ここのところずっとスケジュールがきつくて疲れ切ってまして」

一瞬、辺りが静まり返った。

いち早くプロデューサーが沈黙を破る。

「そうですよねえ。まだお子さんも小さいですもんね。英美里さん、もう、大丈夫ですか？」

「はい」

「良かった。ではイベント、よろしくお願いします」

プロデューサーに促されて一同が拍手をした。

拍手の音にまぎれて監督が苦笑している。皆の顔を見渡しても、誰の目も笑っていない。

――考え事をしていたら寝ちゃった。

そんな訳ないだろう、と皆思っている。真実はきっと他にある、と。

だけど原英美里は主演俳優だ。白を黒に、夜を昼にできるのだ。

冷ややかな空気を一掃するように、宣伝担当者が声を張る。

「それでは登壇者の皆さん、移動、お願いします」

イベントスタッフの先導で、睦月を先頭に俳優たちと監督、原英美里の順でビル横の通用口に向かった。

そこを出ると、ビルに沿って正面玄関前まで壁を立てた通路が出来ている。その先はレッドカーペットの始点、待機用のテントだ。

テントの中に入ると、一足先に待機していた左右田が皆を迎える。

「どうぞ、よろしくお願いします」

狭いテント内はインカムをつけたスタッフ二名、左右田と俳優、監督の六人、そしてヘアメイクの明石でぎゅう詰めだ。

テントに続く通路もまた、出発を見守るスタッフとマネージャー陣、戸辺で一杯になっている。通路から身を乗り出した戸辺が「頑張れよ」と濁声で呼びかける。

「睦月ちゃん」

監督が睦月の手を指差す。緊張で無意識にドレスのスカートを握りしめていた。シワになっちゃう、とあわてて離したが、今度は手が空気を握りしめる。

神崎もさすがに不機嫌どころではなくなってきたようで、共演の俳優とテントの覗き穴から外の様子を窺っている。

「うお、やべー、緊張する」

「こんなイベント久しぶりですもんね、コロナのせいで」

外から聞こえるざわめきがますます高まっていく。睦月は目を閉じて祈った。予定通り上手くできますように。

そのとき隣で誰かが喉を鳴らした。

顔を向けると原英美里が肩を揺らしている。呼吸が荒くなっていく。手がドレスの胸元を押さえた。

「どうしよ……私……」

「大丈夫ですか⁉」

睦月は急いで原英美里の背をさすった。スタッフと出演者たちが「どうしました？」と原英美里を囲む。通路から戸辺が「大丈夫か？」と呼びかける。

必死で息をつく英美里がぐらりと前に揺れた。危ない、と睦月が手を伸ばしたとき、前に回った左右田が原英美里を受け止めた。

左右田がパイプ椅子に英美里を座らせ、顔を覗き込んで呼びかける。

「原さん？　大丈夫、ゆっくり息を吐きましょう。一回吸って二回吐く。はい、すぅ、はーっ、はーっ」

左右田が手で音頭を取り、睦月も加わった。監督も加わる。

すぅ、はーっ、はーっ。すぅ、はーっ、はーっ。手で音頭を取りながら、左右田が原英美里を安心させるように微笑みかける。

「今みたいなときは、息を吐くことを意識するといいそうですよ。精神科医の役をやったときに本職の人が教えてくれました。そう、すぅ、はーっ、はーっ。続けて。大丈夫、じきに落ちつきます」

原英美里は左右田の言葉にこくこくとうなずき、懸命に吸って吐いて吐いて、を繰り返す。その目に薄く涙の膜が張っているのを睦月は見た。

こんなに英美里はつらかったのだ。

さっき地下駐車場で英美里を見ただけでは、これほどまでとは思わなかった。

*

——さかのぼること三十分前。

地下駐車場で原英美里が明石の車に立てこもった。戸辺が睦月に戻るように命じて、左右田と明石の車に向かう。

明石がおずおずと睦月に寄ってくる。

「睦月さん、戻りま——」

睦月はその腕にがっちりと自分の腕を絡ませた。

「戻れないです。英美里さんに何があったのか聞くまで」

「だけど戸辺さんが私たちに戻れって——」

「今回のことで私たちがどれだけ振り回されたか分かってます？」

睦月が語調を強めると、明石が口をつぐんでうつむいた。

そのまま明石を引っ張ってガラス壁に向かい、警備員ににっこりと会釈をして通り過ぎる。明石が入館証をつけているから難なく通り過ぎることができた。

場内がほぼ満車なのが幸いだ。睦月は明石を連れ、身を屈めて車と車の間を抜けた。明石の車に近づくにつれ、戸辺の猫なで声が聞こえてくる。

「英美里？　英美里ちゃーん。えーみり、ちゃーん。あーけーて」

戸辺が睦月を帰した理由が分かった。原英美里をおびき出そうと、なりふり構わず呼びかけている。

「なあ、英美里？　出てきて。大丈夫だから、話し合おう？」

返事はない。業を煮やした戸辺が声を荒らげる。

「英美里！　いい加減にしろ！　マジで社長を呼ぶぞ！」

「戸辺くん」

左右田が静かに制する。

そして、辺りが静まり返った。

睦月が明石と顔を見合わせ、身を乗り出して耳を澄ませたとき、トーンダウンした戸辺の声が聞こえた。

「始？　何してんだよ。マスクの下で口パクしたって見えねえよ」

「いいから」

またしばらく静まり返った。

唸るようなモーター音が静寂を破った。車のウィンドウを下げる音だ。睦月が伸び上がると、戸辺と左右田の間に原英美里の顔が見えた。

イベント用のヘアメイクを施された美しい顔は強張っている。原英美里は車のドアを開けることなく、窓越しに左右田に問いかける。

「今、何て言ったんですか？」

見えない、聞こえないと却って気になったらしい。策士だな、と左右田を見ると、その背中が原英美里の方に少し屈んだ。

「映画の公式ＳＮＳに上がった動画を見たんですけど、原さん、控室に紫陽花の写真を持ってきてましたよね」

原英美里が控室のソファーテーブルに置いていたクリアファイルの中に、神崎俊弥とのツーショット写真が見えた。一緒に紫陽花の花が写っていた。

「あれは、原さんの願掛けだったんじゃないですか？」

「英美里の願掛け？」

「紫陽花は雨乞いの花と言われています。原さんは雨が降ってほしかった。レッドカーペットイベントが中止になってほしかった」

左右田の声が労《いたわ》るような響きを帯びる。

「原さんは撮影中に、エキストラ百人の前で演説するシーンでつらそうでしたね。控室で流していた音楽や、気にしていたビタミンＢ１は緊張をほぐす効果があるもの。もしかして、レッドカーペットに立つのが怖いんじゃないですか？」

原英美里は答えない。

戸辺の「え」という声が沈黙を破った。さっきよりぐっと静かになった声が続く。

「英美里、人前に出るのが怖いのか？」

また辺りが静まり返る。

とんとんと指で腕を叩かれた。身を屈めた睦月に明石がささやく。

「英美里さん、一年前、ＳＮＳで炎上したでしょう。ベビーグッズについての投稿で」

確か、原英美里がＳＮＳを始めて半年ほど経ったころだ。

原英美里がベビーグッズについて何気なく書いた一言に、「贅沢」「庶民を見下している」と難癖がついた。そして、ネットニュースで取り上げられるほど叩かれた。目を覆うようなコメントの数々を睦月も目にした。

「あれで……？　だけど、英美里さんが……？」

一年前と言えば、ちょうど映画を撮影していたころだ。しかし、原英美里は炎上について何も言わなかった。だから睦月も原英美里の炎上を気にしなくなった。

誹謗中傷コメントなど世間のごくごく一部。原英美里には誰もが羨む人気に地位、優しい家族とリッチな暮らしがある。炎上など気に留めていないとばかり思っていた。

戸辺がなだめすかすような口調になる。

「なあ、英美里は映画の主役を張れる俳優だろ？　ドラマもＣＭも出てほしい、出てくださいってクライアントが行列を作ってんだよ。そんな、顔も知らない誰かの言うことなんて――」

「どんな気持ちか分かりますか？」

英美里が硬い声で遮った。

「自分を嫌ってる人間が可視化されてずらっと目の前に並べられたの。初めて分かった、私がどれほど人から嫌われてたか」

明石が睦月にささやく。

「コロナ禍だったでしょう。撮影と子育てもあって気晴らしもできなくて、余計に思い詰めたんじゃ……」

睦月がイチゴジャムを貪ったときもそうだった。

ステイホームの間、時間がたっぷりあるから何かすればいいのに、今後の仕事についての不安しか頭になかった。

まるで小さい箱の中に閉じ込められたようだった。目の前に開けられた小さな穴からは、ごくごく狭い世界しか見えなかった。

英美里も撮影と子育てという小さい箱に閉じ込められていた。そして、小さな穴から目に入るのは誹謗中傷だけ。その恐怖は睦月と違って、イチゴジャム程度では消えなかったのだ。

「でも……どうして英美里さんは最初から」

理由をつけてイベントを欠席しなかったのか。明石にそう尋ねようとしたとき、原英美里がまた口を開いた。

「専務、今日のイベント、私だけリモート出演にしてください」

「無理だって。今からじゃ機材の準備が――」

「私だって無理。観客が手を伸ばせば届きそうな位置に立つなんて。毛穴も見えそうな距離じゃないですか。また何を言われるか分かんない」

原英美里の声が怯えたように少し低くなった。

「今回の映画の、倉庫で説得するシーンのリハーサルで無理になったの。百人のエキストラに見つめられて、動悸がして、足がすくんで。みんなマスクをつけてるから――マスクの上から目だけが見えるのが、余計に怖くて、怖くて――」

だから原英美里はあの撮影のあと、神崎俊弥に弱音を吐いた。

――もう、みんなしんどい。

そして撮影の合間に一人イヤホンで音楽――おそらくストレスを和らげるモーツァルト――を聴くようになったのだ。

戸辺と左右田が戸惑ったように顔を見合わせた。戸辺が身を屈めて原英美里に呼びかける。

「英美里、とにかく車から出て。今回のイベントはコロナ対策で観客もぎっしりは入れてない。一度外を見てみれば案外平気かも――」

エンジン音が響いた。

ウィンドウが上がるモーター音が重なる。原英美里は車を走らせて逃げるつもりなのだ。

戸辺が悲鳴のような声で「待て！」と叫ぶ。鋭い声が続いた。

「提案があります」

ウィンドウのモーター音が止まった。

左右田が車の前に回りこんで立ち塞がっている。前屈みになって原英美里と視線を合わせる。

「原さん、今から僕が言うことをレッドカーペットで試してみませんか。万が一それでもだめなら、具合が悪くなった振りをして中座すればいい。大丈夫、あなたは俳優だし、周りにも役者がいる」

こちらから見える原英美里の横顔は強張ったままだ。少し柔らかくなった左右田の声が続く。

「もう、外に原さんのファンの方がたくさんいますよ。原さんに会いたくて手間を掛けてイベントに応募して、ここまでわざわざ来てくれた人たち。日本中から来てくれた人たちが。顔の見えないアンチばかりに目を向けて、あなたを愛してくれるたくさんのファンが目に入らないなんてもったいない。もったいないないですよ」

左右田が原英美里へと身を乗り出す。

「目の前にある何を見るかは選べる。あなたが選ぶんです」

豊かな声が響いた。冷たいコンクリートの空間で跳ね返り、睦月の耳を打った。

だが、車のエンジン音は止まらない。

睦月は思わず車の陰から出ようとしてドレスの裾を踏みそうになった。バランスを崩して車に手をつき、その音で戸辺がこちらに向く。

「睦月!?」

しまった、と明石と息を呑んだとき、車のエンジン音が止まった。

車のドアが開き、原英美里が出てきた。

原英美里はドアに手を掛けたまま、不安げな目を左右田に向ける。

「提案って、どういう?」

＊

そして今、テントの中で、睦月は原英美里を見ている。

原英美里はようやく落ちついたところだ。目を閉じて、左右田に教えられた呼吸法を繰り返している。

こんなに可愛くて人気がある原英美里でさえ、人目を気にして壊れそうになるのだ。

睦月にとって原英美里は遥か彼方にそびえる巨大な塔だった。睦月の世界を暗い影で覆っていた。

しかし、原英美里は睦月と同じ側、同じ影の中にいた。同じように塔を見上げていた。コンプレックス、アンチの目——見上げる人それぞれによって形や色を変える塔を。

スタッフが一同に開始を告げた。

原英美里がテントの中央に立ち、両脇に監督と俳優が並ぶ。五人並んで腕を組む。

左右田がそれを見て原英美里にうなずいてみせる。これが左右田の提案だ。

——五人くっついて横並びで歩けば、ひとかたまりで見られます。

原さんの見られている感も和らぐかと。

それを受け、戸辺がこっそりプロデューサーに頼み、プロデューサー指示の「演出」ということにしてもらったのだ。

スタッフが出口の両脇に立ち、それぞれドア代わりの幕に手を掛ける。

「では、左右田さんからお願いします」

「皆さん、お待ちしてます」

左右田が睦月たちに笑顔を残し、二人のスタッフが持ち上げた幕の間からレッドカーペットに出ていく。

キャストかと思った観客の間から歓声が上がり、すぐに落胆のうなり声に変わる。残酷だ、と胸が痛くなったが、閉じた幕の向こうからは、左右田の朗らかな声が聞こえる。

左右田はいつも通り落ちついて、目の前の仕事に集中している。必要とされていることに応えている。映画のイベントに来てくれたことへの礼を観客に告げてから声を張る。

「では、お待たせしました！　監督とキャストの皆さんです！」

目の前の幕が開いた。

フラッシュがまたたく。緊張で睦月は目の前が真っ白になった。誰かと腕を組んでいられることが有り難い。

歩調を合わせるため、五人でゆっくり進む。ドレスの裾が軽やかにカーペットをこすっていくのを感じる。

緊張が少し落ちついてきた。レッドカーペット沿いに張られたロープの向こうに観客が並んでいる。戸辺が言った通り、コロナ対策で人の間隔はゆったりめだ。

皆、マスクをつけていても笑顔なのが分かる。こちらに向けて伸び上がり、手を振り、スマホのカメラを向ける。

「英美里ちゃん、可愛い」

「英美里ちゃん、こっち向いて」

やはり英美里の名を呼ぶ観客が大半だ。若い子が多いな、と見渡していたとき、待ち焦がれた名が呼ばれた。

「睦月ちゃん」

顔を向けると、若い女子の二人組が手を振り、スマホを構える。つられたように睦月の名を呼ぶ声がぱらぱらと聞こえた。

そうだ、私にもファンはいる。

ＳＮＳではフォロワーがいるし、多少なりとも睦月の出演作を見たり買ったりしてくれる。だから事務所に置いてもらえて仕事が貰える。このレッドカーペットに立たせてもらえている。

それらのことが頭からすっぽりと消えていた。

いら立ちばかりに気を取られていた。ラウンジでむさぼり食った高級チョコレートトリュフに、かつて口に詰め込んで消したエクレアさん。どちらも味がまるで分からなかった。

今なら、左右田が昔言ったという言葉の意味が分かる。

――遠くばかり見ていて、もったいなかった。

睦月も同じだ。遠くにそびえる巨大な塔ばかり見ていて、足元に生えている花も草も見えていなかった。

もはや塔は崩れ落ち、陽射しがきらきらと睦月を包んでいる。ずっと日陰にいたから眩しくてたまらない。

「睦月ちゃん」

また名前を呼ばれて顔を向けると、大砲のような報道陣のカメラが何台か睦月に向いた。いい笑顔だったのだろう。

並んだレンズを笑顔でなぞった睦月は、その向こうに目を留めた。

カジュアルな恰好をした観客が並ぶ中、ダークスーツ姿の男性が数名固まっている。その中央に、レンズが小さめのサングラスを掛けた痩せた男が佇んでいる。

睦月の頰がぴくりと引きつった。

芸能界の長、睦月と原英美里の所属事務所ミダスの社長がこちらを見ている。

社長は原英美里が心配で見に来たのだろうか。睦月が社長に会釈しようか迷っていると、社長の顔が向きを変えた。

その視線の先は睦月たちの前方、レッドカーペットの中央だ。そこには左右田がいる。睦月たちを待ち受けている。

睦月は戸辺と左右田の会話を思い出した。

――始が何でＭＣなんだよ？

――僕もよく分からないよ。昨日、うちの事務所から言われただけで。

もしかして、もしかしたら、左右田が今日のＭＣに抜擢されたのは、社長の差し金だったのでは――。

「須永さん」

左隣の神崎俊弥がささやく。上の空で足運びが遅くなっていた。いけない、と歩を揃え、社長の前を通り過ぎる。

集中しなければ。今はもっと大事なことが待っている。

レッドカーペットの中央が近づいてくる。こちらを向いた左右田がさりげなく手を鼻に触れる。睦月はお返しに頰に触れた。準備完了という合図だ。

地下駐車場で睦月は原英美里に提案した。

――私が、レッドカーペットで何かやらかしましょうか？

睦月は密かに仕込んできたアピール作戦を、その場で思いついた振りをして披露した。もしも原英美里がつらくなったら、イベント中断のきっかけにもなる。そう提案すると原英美里が飛びついた。

――それお願い。観客にずっと見られているのは怖いから。

小休止できて助かる。

話を聞いた左右田も即興の演技ができると喜んだ。ラウンジで左右田が言っていたことを思い出した。

――僕は演技を続けていられることが幸せだから。

左右田の意気込みに負けていられない。睦月は背筋を伸ばした。

レッドカーペットの中央には、ビルを背にする形で映画のタイトルを横書きしたプレートが置かれ、キャストはその後ろに横並びになる予定だ。プレートの横にいる左右田は、マイクを手に台本を確認している。

睦月はその後ろを、原英美里や神崎俊弥に続いて歩いた。

ドレスの裾に軽い衝撃を感じた。よし、と前に踏み出す。太腿で炭酸が弾けるような感触があった。

シフォンのドレスの裾が踏まれて、スカートが太腿からちぎれたのだ。

観客の間からどっと声が上がった。え、と睦月は戸惑い顔を作って振り返った。

狙い通りスカートが地面に落ちている。スリットが入っていたから、落ちたスカートはきれいに一枚布となっている。

後ろを向くと、革靴で睦月のドレスの裾を踏みつけた左右田が、大げさにうろたえている。

「ああ、申し訳ありません……！」

次の瞬間、視界が真っ白になるほどフラッシュが焚かれた。

報道陣のカメラが一斉に睦月を撮っている。睦月は口に手を当てて呆然としてみせた。そして剝き出しになった脚が一番きれいに写るようにポーズを取る。

モデル出身で脚には自信がある。服飾の専門学校を出ているから、裁縫はお手のものだ。

イベント出演が決まってすぐ、アクシデントに見せかけて自慢の脚を見せつけようと思いついた。既製品のドレスを改造して、切れやすいしつけ糸で太腿から下のスカート部分を縫い付けた。

裾も誰かに踏んでもらえるよう、ほどいて床をひきずる丈に伸ばした。そしてセロハンテープで貼って裾上げをして、イベントの直前に外した。セロハンテープを持ち歩いていたのは、剝がれた時のための用心だ。

困った振りから照れた振りに移る。睦月の演技を見た観客が笑い、報道陣が一層身を乗り出して撮影する。まるで舞台に立っているようだ。

演技って楽しいかも。

睦月が初めてそう思ったとき、また観客の間から歓声が起きた。

原英美里が両脇の俳優の腕をほどいて前に進み出たのだ。睦月の前に小走りで向かい、観客に背を向けて左右田が拾ったスカートを奪い取った。そしてこれみよがしに睦月に渡し、睦月を背で隠す。

「皆さーん、撮っちゃだめー。睦月ちゃんが可哀想」

英美里が観客にぐっと近づき、笑顔でポーズを取り始める。スマホもレンズもまた英美里に集中する。

睦月はちぎれたスカートを抱えて苦笑した。ずっと心の底に淀んでいた謎が解けたのだ。

どうして英美里は最初からイベントを欠席しなかったのか。

失踪したとなれば、原英美里は一層揺るぎない主役でいられる。人前に立つのが怖い一方で、原英美里はレッドカーペットの主役を誰にも奪われたくなかったのだ。

左右田もそれを察したのだろう。睦月に小声で言う。

「原さん、元気になったようですね」

「ええ。だから遠慮しません」

睦月はスカートの裾を左右田に押しつけ、英美里の元に向かった。

英美里はさっきまでの不調はどこへやら、観客の前を歩いて気持ちよさそうに歓声を浴びている。だが睦月が英美里の横に並んでポーズを取ると、いくつものスマホやレンズが英美里から睦月に向いた。

英美里が笑顔を一ミリも崩すことなく睦月にささやく。

「睦月ちゃん、テントに戻ってスカートを直してきた方がいいよ」

負けずに睦月も笑顔のまま言い返す。

「英美里さんこそ、具合が悪いんだから無理しないでください」

左右田が睦月のスカートの裾を手に追いかけてきた。

「二人とも、レッドカーペットの上ですから――」

「私は大丈夫だから睦月ちゃん、テントに戻って」

「英美里さんこそ、観客席に近づきすぎない方がいいですって」

睦月をテントに押しやろうとする英美里を、睦月もすかさず押し返す。「あの」と割って入った左右田が二人に挟まれたところで、また辺りが白くなるほどフラッシュが焚かれた。

エピローグ

レッドカーペットイベントは佳境を迎え、監督がマイクを手にスピーチを始めたところだ。観客席の轟《とどろき》は監督の隣に視線を移した。主演俳優の原英美里《はらえみり》は凜と佇み、穏やかな笑みをたたえてスピーチを聞いている。

赤いドレスの裾がレッドカーペットに溶け込み、まるで中央に立つ英美里が監督とキャストたちを裾の両側に乗せてここまで連れてきたようだ。英美里あっての映画であることを象徴するかのように。

レッドカーペットは私のもの、と言わんばかりの英美里の微笑みは本心か、それとも空元気か——轟が目を凝らしたとき、後ろから「社長」と呼びかける濁声が聞こえた。

顔を向けると轟が社長を務める芸能事務所ミダスの専務、戸辺慎也《とべしんや》だ。轟を囲む側近とボディガードを割ってこちらに近づいてくる。

黙って待つ。轟が自分から口火を切ることはめったにない。轟を目の前にすると大抵の人間は萎縮し、何か言われれば轟の望む答えを返そうとするからだ。

配下にして二十年以上になる戸辺は、轟の流儀をよく分かっている。挨拶代わりに太い首をすくめただけで、英美里の発見を手短に報告した。

失踪、発見、レッドカーペットへの登場。すべては英美里のマネージャーからすでに携帯電話で逐一報告を受けている。だが、肝心のことだけはまだ聞いていない。

姿を消すほどの何か——おそらくプレッシャー——から、誰がどうやって英美里をすくい上げたのか。

戸辺が轟にレッドカーペットを示す。

「幸い、今日のMC——左右田始《そうだはじめ》っていう俳優で、自分の昔からの連れなんですけど、ヤツが英美里をなだめてくれて」

三年前も戸辺から同じように左右田始のことを聞いた。それをもう戸辺はきれいに忘れているようだ。親友の俳優を轟に売り込もうとしてか、言葉に熱が入る。

「左右田始が視線不安を和らげる登場の仕方、なんてのを提案してくれて、それで英美里がようやくイベントに出る気になってくれたんです。英美里はここに登場する直前も緊張でおかしくなりかけて、それを始がすぅ、はーっ、はーっ、って英美里に深呼吸をさせて何とか」

轟はレッドカーペットに顔を向けた。

イヤホンにスーツ姿の左右田が穏やかな顔で、英美里の挨拶が始まることを観客に告げる。

進行はすべて頭に入っているのか、さっきから一切台本を開いていない。

スピーチを始めた英美里が、撮影中のエピソードを話そうとして言葉に詰まった。

英美里の視線は隣に並ぶ俳優二人を飛ばした。「——でしたっけ?」と左右田を見つめて問いかける。プライドの高いトップ女優が、この無名俳優を誰よりも頼りにしているのが分かる。

轟は踵を返した。

側近たちがすかさず轟を囲み、観客ブースの外に向かう。歩道では通行人が足を止め、観客ブースの向こうを見ようと伸び上がっている。それをかき分け、側近たちは路肩に止めた車に轟を導く。

運転手が開けたドアから後部座席に乗り込もうとしたとき、遠くで左右田の声が聞こえた。困ったような左右田の顔が頭に浮かぶ。轟は心の中で左右田に呼びかけた。

――よくやった。

英美里のケアと急きょ振られたＭＣの役目だけではない。須永睦月《すながむつき》のドレスの裾を踏む田舎芝居までも――轟くらいになればお見通しだ。轟は口元をわずかに緩めた。

左右田は見事に役目を果たしてくれた。轟が期待した以上に。

轟が左右田のことを知ったのは戸辺に聞かされたよりも前だ。

自宅をリフォームするために、高級ホテルのスイートルームでしばらく暮らしていたときのことだ。外出先から戻り、エグゼクティブフロアで自室に向かう途中、ホテルバトラーの制服を着た男と出くわした。

困ったような顔に施されたメイクを見て、俳優だとすぐに気づいた。ホテルで轟の世話をするバトラーからも、別のスイートルームでドラマ撮影があることを伝えられていたからだ。ミダスに所属する俳優、須永睦月が主演する深夜ドラマだ。

社内で轟のホテル滞在を聞いたのか、睦月のマネージャーも轟の部屋に挨拶に来た。何でも、消えもののエクレアが消えるという珍事で撮影が中断しているという。

制作側に揉め事でもあるのか、と轟は眉をひそめた。だが数時間後、無事に撮影が終了したとマネージャーから報告があった。

それきり忘れていたことを、二カ月後に思い出させられた。関東テレビのプロデューサーと宴席で会ったときのことだ。専務の戸辺に内密に頼み事をされたと聞かされた。

——打ち上げで酔っ払って醜態を晒した俳優を責めてくれるなと。

内々の事情があったとかで。

部下には無闇に借りを作るなと常々言っている。轟は戸辺を呼んで事情を聞いた。

戸辺が庇った左右田始という俳優は、酔った振りをしてミダスの社員を庇ってくれたという。そればかりか、ミダスの稼ぎ頭・仁羽類《にわるい》の蛮行が原因でトラブルが起きていると気づかせてくれたそうだ。

左右田始は戸辺の旧友でもあり、ミダスの傘下、末端にある小さな芸能事務所に所属しているという。戸辺がスマホで見せてくれた左右田のプロフィール写真に見覚えがあった。

二カ月前にホテルで見かけたバトラー姿の俳優だ。職業柄、人の顔は忘れない。奇妙な事件もあったから余計に記憶が鮮やかだ。

あのときもエクレア事件は丸く収まり、ドラマ撮影は無事に終わったのではなかったか。

それからドラマで二度ほど左右田の顔を見た。演技力はあり、見た目も悪くない。だが、残念なことに華がない。

小さな役ばかりをこなしながら左右田は五十歳の坂を越えた。きっと好きな仕事をして生きていける幸せと、陽の当たらないもどかしさに折り合いをつけて生きているのだろう。

そして去年、轟はまた左右田の名を耳にした。

ミダス所属の俳優が主演を務めるドラマで、助演で出演する俳優、緑河《みどりかわ》が自分の配下役に左右田を指名した。もしや、と緑河の所属事務所の社長を呼んで成り行きを聞くと、直感が当たった。

――緑河に頼まれたんですよ。

先日、左右田始に借りを作ったから返したいと言われて。

緑河は舞台公演の準備中、共演の左右田始が口にしたことを横取りしたそうだ。さも自分が思いついたかのように皆に話して窮地を脱したという。

結び目がどうとか、たわいのないことらしい。だがプライドの高い緑河は、左右田に借りを作ったままにはできなかったのだろう。緑河が主演した舞台が大成功を博したから余計に。

左右田がもたらしたことは他にもある。今年の春、子役の麻生昴《あそうすばる》がミダスに移籍し、轟に挨拶に来たときに知った。

尊敬する俳優は、と轟が昴に尋ねると、昴は有名な俳優を二人ほど挙げたあと付け加えた。

――あと、左右田始さん。

マネージャーと一緒に昴に付き添ってきた父親もうなずいた。

――左右田さんに大きなきっかけを貰いました。

僕が妻と交代で昴の付き添いを始めようと決めたとき。

それからも何度か轟は左右田の名を耳にした。コロナ禍も三年目に入り、エンターテインメント業界に少しずつ活気が戻っている。それと並行して、左右田の小さな活躍も増えつつあるのだろう。

皆が左右田のことを口に出すのは、それだけ心を打たれたからだ。

窓外は夕暮れを迎えている。轟は路肩のライトアップに目を留めた。ＬＥＤのキャンドルに電球で描かれた妖精が火を灯している。

左右田始もおじさんの姿をした妖精ではないか。関わる人たちを癒し、心に小さな灯をつけていく。

昨日、側近から原英美里の異変を聞かされたとき、轟は真っ先に左右田のことを思い出した。主演映画の公開を控えた原英美里の様子がこのところおかしいという。日を追って塞ぎ込み、心療内科に通い始めた。それを週刊誌の記者にかぎつけられ、映画の公開に乗っかって記事を掲載されそうだという。

——原英美里、離婚!?

　心療内科に極秘通院
原英美里が主演した映画『リミッター』の製作委員会には多数の企業が出資している。轟の事務所ミダスもそのうちの一社だ。プロモーション用の衣装は有名高級ブランドとのタイアップ契約。もちろん出演中のＣＭも複数ある。

英美里は一人で億の金を背負っているのだ。代わりはいない。

姉御肌で快活なイメージの英美里だが、妊娠、出産に加え、コロナ禍に襲われた。炎上騒動もあり、メンタルが弱っていてもおかしくない。加えて三年ぶりの晴れ舞台となれば、プレッシャーも相当なものだろう。

そこで轟はまず、側近に命じて英美里の心療内科通いの記事を出版社に「控えていただく」よう取り計らった。次に映画のレッドカーペットイベントと完成披露試写会のMCを、自社のタレントから左右田に代えさせたのだ。

まだ左右田と直接言葉を交わしたことはない。それでも左右田なら何とかしてくれるだろうと信じられる。

左右田の小さな、ささやかな活躍を聞くうちに、轟はどこかで聞いた歌のフレーズを思い出した。

——世界を変えるには　人を変えていくこと

コロナ禍に見舞われ、エンタメ界は危機に瀕した。当たり前だと思っていた何もかもが実は危うい、脆《もろ》いものなのだと思い知らされた。

そしてコロナ禍という大きな楔《くさび》が打ち込まれたのを一つのきっかけに、芸能界におけるジェンダーやコンプライアンス、ハラスメント意識などが急激に変わりつつある。

物事が変わるときは一度に、一気に変わるのだ。

変化も加わりますます不安定な世界が当分続くだろう。人が唯一、揺るぎなく積み上げていけるのは人と人の絆だけだ。人だけが人を救い、そして高い壁を、険しい坂を乗り越えさせていく。

轟は助手席に座る側近を呼んだ。

側近が窓側から精一杯轟に顔を向け、「はい」と答える。轟はミダスに所属するベテラン女性俳優の名を告げた。

「彼女のドラマに左右田始を出す」

次クールの連続ドラマに出演予定の彼女は、最近始めたブログへの過激な投稿で物議をかもしている。注目を浴びる楽しさにはまったのだろう。ＳＮＳにまで手を出そうとするのを周りが必死で止めている。

ドラマに出演すれば当然、役どころ、ストーリー、制作体制について、事細かに書くだろう。大げさに、感情的に、露悪的に。所属事務所にとって厄介な事態になるのは目に見えている。

「左右田始の役はちょい役でいい。レギュラーで、彼女と同じシーンになるような役を」

側近が「はい」と答えた。さっそくテレビ局の上層部に働きかけるのだろう。いい役がある、と轟に持ちかける。

「彼女が出るドラマはサスペンスドラマで、彼女は主人公と敵対する悪徳組織のボスの妻役です。左右田始は組織のチンピラの一人に入れてもらうのはどうでしょう？」

「いや、左右田に悪役は似合わない」

轟は少し考え、そして続けた。

「そうだな、刑事とか弁護士とか医師とか――『し』や『じ』のつく役がいい」

初出
２０１９年10月　消えもの（「消えもの」改題）　「小説新潮」２０１９年３月号
２０２０年５月　ステージママ（「ステージママ」改題）「小説新潮」２０２１年９月号
なお、単行本化にあたり加筆修正を施しています。
他は書き下ろしです。

取材協力
ＮＨＫエンタープライズ　ドラマ部　笠浦友愛様
Ｎ・Ｍ様

遠藤彩見（えんどう・さえみ）

東京都生まれ。1996年、脚本家デビュー。1999年、テレビドラマ「入道雲は白 夏の空は青」で第16回ATP賞ドラマ部門最優秀賞を受賞。2013年、『給食のおにいさん』で小説家としてデビュー。著書に、シリーズ化された同作のほか、『キッチン・ブルー』『バー極楽』『千のグラスを満たすには』『二人がいた食卓』などがある。

左右田《そうだ》に悪役《あくやく》は似合《にあ》わない

著　者

遠藤彩見《えんどうさえみ》

発　行

2023年12月20日

発行者　佐藤隆信

発行所　株式会社新潮社

〒162-8711　東京都新宿区矢来町71

電話　編集部　03-3266-5411

　　　読者係　03-3266-5111

https://www.shinchosha.co.jp

装幀　新潮社装幀室

組版　新潮社デジタル編集支援室

印刷所　錦明印刷株式会社

製本所　株式会社大進堂

乱丁・落丁本は、ご面倒ですが小社読者係宛お送り下さい。

送料小社負担にてお取替えいたします。

価格はカバーに表示してあります。

ISBN978-4-10-339683-3 C0093